시 한잔의 추억 2

시 한잔의 추억 2

초판 1쇄인쇄 2015년 6월 23일
초판 1쇄발행 2015년 6월 25일

엮 음 정수남
발행인 박지연
발행처 도서출판 도화
등 록 2013년 11월 19일 제2013-000124호

주 소 서울시 송파구 성내천로 39
전 화 02) 3012-1030
팩 스 02) 3012-1031
전자우편 dohwa1030@daum.net
인 쇄 미래프린팅

ISBN ㅣ 979-11-86644-00-3*03810
정가 13,000원

도화道化, fool는
고정적인 질서에 대한 익살맞은 비판자,
고정화된 사고의 틀을 해체한다는 뜻입니다.

시 한 잔의 추억 2

정수남 엮음

도화

차례

산토끼 똥

송찬호

산토끼가
똥을 누고 간 후에

혼자 남은 산토끼 똥은
그 까만 눈을
말똥말똥하게 뜨고
깊은 생각에 빠졌다

지금 토끼는
어느 산을 넘고 있을까?

'시를 쓴다는 것은 과연 무엇인가? 진정한 시인이라면 이 간단한 물음을 언제나 자신의 가슴에 깊숙이 매달고 살지 않을까?' 문학평론가 신범순이 한 말이다.

그렇다면 이 시를 쓴 시인은 어떤 마음으로 이 시를 썼을까. 아마 이 시인은 나이와 상관없이 아직도 자라지 않은, 어린아이 같은 마음을 가지고 있는 게 틀림없다. 그래서 그 천진함으로, 현실세계와는 전혀 다른 동화 속에서 혼자 살고 있는 게 분명하다.

어린 아이들의 눈에는 그냥 지나쳐가는 게 거의 없다. 모든 게 신기하고, 새롭고, 경탄스럽다. 그래서 지나치다고 할 만큼 세상 모든 것에 관심을 보이는 게 그들의 시선이다. 그런 점에서는 이 시인도 다르지 않다. 콩자반 같이 까맣고 동글동글한 산토끼 똥……. 어른들이라면 응당 그냥 지나치거나 눈살을 찌푸렸을 그 하찮은 것에도 사랑의 눈길을 보낸 것이다. 눈을 말똥말똥하게 뜨고, 자신을 배설한 토끼가 지금 어느 산을 넘고 있을지, 무사히 잘 넘어갔을지, 깊은 상념에 빠져 있는 게 어찌 토끼 똥의 생각이겠는가. 그것은 시인의 어린 아이 같은 눈을 통해 또 다른 생명체로 환치된 것이다.

어쩌면 시인은 이 시에서 자신을 시적화자인 산토끼 똥으로 표현한 것인지도 모를 일이다. 그렇다면 산토끼는 무엇을 의미하는 메타포일까. 그것이야말로 시인이 늘 가슴 속에 깊숙이 매달고 살아가는 시가 아닐까? 몇 행이 되지 않는, 아주 짧고 단순한 이 시가 오래도록 가슴에 남는 이유는 바로 여기에 있다.

시는 우리의 혼을 맑게 한다. 일상에 지친 영을 깨워 일으켜 세운다. 그것이 시의 힘이다. 그런 점에서 우리는 이 시인이 제발, 영원히 성장을 멈춘 미숙아로 오래도록 곁에 남아 있기를 바라는 마음이다.

공중옷걸이

신영배

그것은 공중에 떠 있다

그는 옷을 벗어
걸어두고
내려온다
떨어져
내린다

그것들은 공중에 떠 다닌다

그들은 바닥에 붙어
애매하게 움직인다

우 리들은 이 세상에서 너무 많은 것들의 구속을 받으며 살아가고 있다. 그것은 의식적으로, 또는 무의식적으로 다가와 두꺼운 옷이 되어 우리의 실체를 감춘다. 그리고 슬프게도 어느새 그것이 이제는 우리의 실체인 양 버젓이 행세하고 있다는 것을 목격하게 된다.

이 젊은 시인은 오늘 우리에게 그것을 일깨워주고 있다. 스스로 자신을 칭칭 동여맨 채 무겁게 억누르고 있는, 허상의 옷가지들……. 시인은 지금 그것을 비우고자 몸부림치고 있는지도 모른다.

우리는 사실 너무 많은 것을, 하나도 버리지 않은 채 무겁게 걸치고 산다. 그런 까닭에 우리의 인생길은 버겁고 고달플 수밖에 없다. 하지만 우리는 그 어느 것 하나라도 버리라고 하면 마치 큰일이라도 날 것처럼 도리질을 하기 일쑤이다. 비움으로 비롯되는 참 자유라는 것이 무엇인지 깨닫지 못하고 있는 것이다. 어느 도인이 이야기하지 않았던가. 진정한 의미에서의 참 자유란 내려놓고, 비웠을 때 찾아오는 것이라고……. 이것을 시인은 '공중에 걸어놓는다'라고 표현하였다. 공空은, 즉 비움인 것이다.

　허상의 옷은 그림자와 같다. 질서와 규례, 지식과 권위, 명예, 사상, 재산, 탐욕, 교만, 미움, 사랑 등……. 우리가 짊어진 허상의 옷이 어찌 이것뿐이겠는가. 이 시에서 시인은 이와 같은 허상의 옷들을 뿌리 없는 것으로 표현하고 있다. '공중에 떠 있는 것', '떠다니는 것' 등이 그것이다.

　또 '떠다니는 것'과는 달리 삼인칭 시적화자인 '그'와 '그들'은 '바닥에 붙어 있다.' 결국 그것은 한 몸을 이루고는 있지만, 분리된 채 따로따로 움직이고 있는 우리의 실체로 봐야 한다. 괴리 현상이 일어난…….

　그런데도 우리는 자신이 입고 있는 허상의 옷들을 '공중에 걸어둘' 생각은 아니하고, 날마다 막연하게 참 자유를 누릴수 있기만을 갈망한다. 아니, 어쩌면 그것조차 의식하지 못한 채 하루하루를 '애매하게' 벌레처럼 움직이고 있는 것인지도 모른다. 그렇다면 정말 슬픈 일이 아닐 수 없다.

기도

하일

이 풍진 세상 어느 구석에 그래도 들꽃 몇 다발 피게 하시고 해 돋기 전 아무도 보지 않을 때 언 땅 녹여 새살처럼 풀잎을 돋아나게 하시고 손짓처럼 새떼를 해질녘까지 푸르르르 날아다니게 하시고 그 사이로 그 사이로 저희 값없는 몸 더불어 살아라 하시고 마지막 심판의 날 오기 전에 한 번만 더 저희를 자유케 하소서.

우리는 늘 절망하며 산다. 그런데도 살아낼 수 있는 것은 우리 앞에 미래라는 것이 있기 때문이다. 보이지 않는 미래는 보이는 현실을 뛰어넘는다. 그런 시선으로 보자면, 기도란 굳이 종교적인 주석을 달지 않더라도 미래를 향한 신과의 소통이며, 상처 입은 우리의 영혼을 소생 시키는 치유의 과정이라고 정의할 수 있을 것이다.

이 시를 쓴 시인의 염원은 매우 소박하다. '들꽃'과 '풀잎', '새떼들', 그리고 '저희'까지, 아주 작은 것들을 시적제재로 사용하고 있다. 이는 자연친화적인 시인의 따뜻한 마음을 넘어, 산업화에 밀린, 소외된 자연과 '더불어' 살고 싶어 하는 시인의 애잔한 심정까지 드러낸 것이라고 할 수 있다. 더구나 시인은 '저희'를 '값없는' 존재, 즉 낮은 존재로 표현하고 있다.

하지만 시인의 기도는 거기에 그치지 않는다. 한 걸음 더 나아가 '마지막 심판의 날'이 오기 전에 한번만 더 자유케 해 달라고 절규하고 있다. 참 자유……. 그것이야말로 우리들이 이 세상에 포로 되어 살아가면서 공통적으로 염원하는 제목이 아니겠는가.

이 시는 산문 형식으로 쓴 시이며, 특별히 어떤 장치도 하지 않았다. 압축과 생략 같은 기본적인 시 창작 양식도 배제한 채 담담하게 시적화자의 기원을 사실적으로 토로하고 있다. 그런데도 이 시가 우리 가슴에 파문을 잔잔히 일으키는 것은 무엇 때문일까. 그것은 아마도 이 시인의 소박하고 순수한 염원이 곧 우리의 것이기도 한 까닭일 것이다.

세밑이 되면 묵은해를 보내는 사람들의 발걸음이 다른 때보다 더 바쁘게 움직인다. 모두 바쁘게 새해를 준비한다. 그러나 분명한 것은 새해란 누구에게나 동일하게 오는 시간이지만, 그것을 맞는 사람마다 기도하는 제목은 각각 다르다는 것이다.

삭은 오이지와 아버지

최승헌

냉장고의 문을 열고 오이지를 꺼냈다.

오래 동안 잘 먹지 않아 하얗게 곰팡이가 핀 오이지를 물에 헹구어 찬물에 말은 밥과 함께 먹는다 그 사이 오이지가 냉장고 안에서 시들어 버렸는지 혀끝으로 와닿는 싱싱하고 아삭거리는 맛도 없이 씹자말자 입안에서 뭉개져버린다 평생 물러터지기만 했던 아버지의 삶처럼 흐물흐물 뼈대 없는 몸이 되어 있다 마른 등짝에 기생충처럼 들러붙은 식솔들을 위해 평생 뼛골이 빠졌던 늙은 아버지가 냉장고 구석에 쪼그리고 앉아 조금씩 삭아졌나 보다.

가난했던 시절이 생각난다. 피난살이를 할 무렵 아버지와 함께 둘러앉은 밥상에는 오이지가 반찬의 전부일 경우가 많았다. 새콤하고, 짭조름한 오이지……. 그 가운데 때로는 이 시의 오이지처럼 삭아서 아삭거리기커녕 물컹거리는 것을 먹을 때도 있었다.

그 시절에는 그것만 먹다가 물리어 쳐다보기도 싫었는데, 요즘 그 맛이 가끔 그리워지는 이유는 무엇일까. 아마도 그건 새콤하게 감기던 그 맛도 맛이지만, 그 시절 한 상에 둘러앉았던 식구들이 그리운 게 아닐까. 세월은 어느 새 그때 둘러앉았던 우리 식구 여섯 명 가운데 겨우 둘만 남겨놓고 모두 데리고 가버렸다. 그런데 그게 어찌 나 혼자만의 유년이겠는가.

이 시를 쓴 시인은 스님이다. 그래서 그런지 시적 어조도 산사의 풍경처럼 맑고 담백하다. 분명 슬픈 노래인데, 슬프게 들리지 않고, 설법처럼 깊은 우물에서 퍼 올리는 찬 물 같은 순전한 울림이 있다.

　삭은 오이지 하나를 통해 유년의 아버지 모습을 돌아보는 이 시인이 정작 우리에게 하고 싶은 말은 무엇일까. 그건 이 세상을 살아가는 우리들의 마른 등짝 같은 자화상이 아니겠는가. 삭아가는 줄도 모르고 식솔들을 위해 오늘도 죽을 둥 살 둥 일터로 향하는…….

　아주 평범한 일상적 삶을 유년의 풍경으로 형상화시킨 이 시는 분명 어느 평자의 말처럼'새로움을 위한 새로움'을 인위적으로 추구하고자 하는 이 시대의 시 창작 풍토에 식상한 읽는 들에게 위안을 주고 있다. 그런 이들에게 시란 정말 무엇인가를 아주 조용히, 그러나 단호하게 보여주고 있다.

외식

최규창

가나안은 아직 산 너머에 있는데 서울의 시민은 이제 만나를 먹지 않는다 꿀보다 달고 고기보다 맛이 있는 만나를 먹지 않는다 서울의 아침상에는 향기로운 송이버섯이 구워지고 소고기보다 비싼 영광굴비가 구워지고 만나는 메뉴에도 들지 않는다 이제 만나는 우리 생활 어디에도 들지 않는다 네로의 백성처럼 만나를 먹지 않는다 아론의 지팡이가 피바다를 예고했는데 서울시민들은 만나를 먹지 않는다 아직 가나안은 산 너머에 있는데 서울의 시민들은 만나를 먹지 않는다

G NP 2만 달러가 넘는 시대에 살고 있는 우리는 지금 그만큼 뭐 하나 부족한 게 없는 풍요를 누리고 있다. 돌아보면 맛있는 식품이 지천에 널려 있으며, 거리에는 식당들이 도열하듯 길게 줄을 잇고 서서 우리를 유혹하고 있다. 그만큼 우리는 지금 먹고 마시는 것에 부족함이 없는 시대에 살고 있는 것이다. 배부른 것을 최우선 순위에 두던 시대는 지나갔다. 오히려 맛있고 영양가 있는 건강식품을 고르기 위해 끼니마다 골몰하는 수고를 반복하고 있는 시대인 것이다.

그런데 날마다 그렇게 호의호식을 누리는데도 불구하고, 그럴수록 마음 한구석이 자꾸만 빈 것처럼 허기지는 것은 무슨 까닭일까.

성경을 보면, '만나'는 하나님이 이스라엘 민족을 이집트로부터 탈출시켜 약속의 땅 가나안 광야에 들어가기 전까지

40년 동안 내려주신 양식을 말한다. 이는 목이 곧은 그 민족으로 하여금 하나님을 경외하고, 순종하며, 찬양하게 하기 위한 상징성을 지니고 있다. 따라서 이 시에서 시인이 다섯 번에 걸쳐서 '만나를 먹지 않는다'고 외치는 이유는 분명하다. 배가 부른 사람들이(시인은 이를 서울 사람들이라는 것을 통해 우리 민족 전체를 비유하고 있다) 이제는 더 이상 하나님을 찾고 있지 않다는 것이다.

기독교에서 '만나'는 흔히 영의 양식이라고 일컫는다. 그러나 그것이 상징하는 것을 꼭 종교적인 것만으로 해석할 필요는 없다. '먹지 않는다'는 것을 광의적으로 해석하면, 경제적인 풍요를 누리는 것에 반비례해서 잃어가는 현대인들의 목마른 영혼과 상실된 낙원을 상징하고 있는 것이다. 이는 특히 '아직 (가야할) 가나안은 산 너머에 있는데, 네로의 백성처럼 만나를 먹지 않는다'는 구절에 오면 더욱 분명해진다. 거기에 덧붙여서 시인은'아른(모세 시대의 대제사장)의 지팡이가 피바다(심판의 날)를 예고했는데'도 여전히 육의 양식만 탐하고 있다고 한탄하고 있다.

그런 점에서 보자면 이 시는 독실한 기독교인인 시인의 깊은 신앙심에서 우러나온 선지자적 절규이며, 또한 물질만능 시대에 경종을 울리는 경고이기도 하다.

하긴, 지금 이 순간에도 우리 주변엔 외식하는 사람들이
너무 많지 않은가.

허수아비

정희성

참새가 참새인 것은
제가 참새인 줄 모르기 때문

허수아비가 허수아비인 것은
제 머리에 새가 앉아도 가만 있기 때문

허수아비 주인이 허수아비나 마찬가지인 것은
허수아비가 참새를 쫓아줄 거라 믿기 때문

이 땅의 농부가 농부인 것은

그런 줄 알면서도 벼 익는 들판에 허수아비를 세우고
우여어 우여어 허공에 헛손질하기 때문

우 리들은 흔히 사람들을 가리켜 자기 착각 속에 빠져 살아가는 어리석은 존재라고 부른다. 자신의 실체를 잊은 채 제 잘난 멋에 살아가는 사람들을 보면 과히 틀린 말은 아닌 것 같다.

시인은 이를 일컬어 '허수아비'라고 부르고 있다. 허수아비란 농작물을 지키기 위해 만들어 놓은 피조물에 불과하다. 그런데 이 시에 등장하는 '허수아비'는 비단 그와 같은 현상적인 것만은 아닌 것 같다. 쫓겨야 할 '참새'도, 쫓으라고 만든 '농부'도 모두 그와 동격인 '허수아비'로 그려지고 있는 것이다.

이 시는 점층법으로 구성되어 있다. '참새'에서 '허수아비'로. 다시 '허수아비'에서 '농부'로 올라가고 있다. 또 하나의 특징은 매 연마다 어미를 '때문'이라고 끝맺어, 그렇게 부를 수밖에 없는 이유를 분명히 밝히고 있다는 점이다.

그렇다면 여기에서 한걸음 더 나아간다면 이번엔 '허수아비'가 어디로 전이되어 갈까. 시인은 그것까지는 밝히고 있지 않다. 하지만 읽는 우리들은 이미 그게 다름 아니라 착각 속에 빠져 살고 있는 우리 모두가 그에 해당된다는 것을 쉽게 추론하게 된다. '이 땅의 농부가 농부인 것은'하고 강조한 뒤 나머지는 여백으로 남겨둔 것도 어쩌면 거기에 이유가 있는 것인지도 모를 일이다.

이 시인은 언제 보아도 늘 선비 같은 모습이다. 단정하고 조용하고 품격이 있다. 그를 보고 있노라면 시가 그 시인을 벗어날 수 없다는 말이 정말 실감되곤 한다. 그만큼 그의 시는 청아하고 맑은 울림이 있다. 마치 새벽녘 고즈넉한 산사에서 울려 퍼지는 범종 소리처럼 영혼을 깨우는 힘이 느껴진다.

밥상에서 글 쓴다

성미정

마땅한 책상이 없어 밥상에서 글 쓴다

재경이 유치원 보내고 재경이 아빠 가게 가면 밥상을 펴놓고 글 쓴다

글 써서 밥 벌고 싶어 밥상에 글 쓴다

밥은 못 벌어도 반찬값이라도 벌고 싶어 밥상에서 글 쓴다

재경이 과자값이라도 벌까 싶어 밥상에서 글 쓴다

밥이라고 쓰면 하얀 김이 나는 밥이 나오고

반찬이라고 쓰면 갈치 콩나물 두부가 쏟아지고

아버지 칠순이라고 쓰면 백만 원이 뚝 떨어지는

도깨비 방망이 같은 환상을 하나하나 지워가며 글 쓴다

글만 쓰고 있어도 배가 부를 경지가 될 때까지 밥상에서 글 쓴다

밥상이 내게 마땅한 책상이 될 때까지 밥상에서 글 쓴다

아! 이 빌어먹을 책상물림

글을 쓴다는 것은 무엇일까. 무엇을 위해 밤을 새워가며 매달리는 것일까. 이 세상에서 시란 과연 무엇이며, 무엇을 우리에게 보상해 주는가.

사실, 우리가 평생 천직으로 알고 있는 문학이란 밥이 되지 못한다. 그런데도 이 땅의 많은 문학인들은 누가 보상 해 주지 않는 그것을 붙들고 오늘도 가슴앓이를 하며 내달리고 있다.

이 시는 결코 밥이 되지 않는 시를 붙들고 가는 한 시인의 치열한 삶을 극명하게 보여주고 있다. 그러나 시인은 결코 슬퍼하거나 서러워하지 않는다. 왜냐하면 시인은 벌써 그와 같은 환상을 버렸기 때문이다. 밥이나 반찬이나 아버지 칠순 잔치를 위해 꼭 필요한 백만 원이 될 수 없다는 것을 이미 깨치고 있기 때문이다. 그보다는 한 단계를 뛰어넘어 시인은 다른 꿈을 꾸고 있다. 밥상에서 쓰는 자신의 시가 '글만 쓰고 있어도 배가 부를 경지'까지 이르기를 소망하고 있는 것이다.

이 땅의 많은 시인들은 지금도 가난하다. 그러나 가난해도 결코 비겁하게 구걸하지는 않는다. 그들이 청죽처럼 고집스레 지키고 있는 것은 자긍이다. '밥상이 내게 책상이 될 때까지', 글을 쓰고 또 쓰는 이유가 바로 여기에 있는 것이다. 그렇게 보자면 비록 '마땅한 책상이 없어 밥상에서' 글을 쓰지만 이 시인이 지니고 있는 문학의 열정과 정신만큼은 본받아 마땅하다고 할 것이다.

문학이 구원이라고 하던 선배 문인의 말이 갑자기 떠오른다. 그의 말에 의하면, 벗어날 길이 보이지 않는 가난, 어느 날 사랑하던 사람으로부터 이별의 통보를 받은 슬픔, 죽음과 질병 따위도 치유해주는 게 문학이라는 것이었다.

그렇다. 이 시를 읽으면서 문득 이 시인은 비록 밥상에서 글을 쓰는 처지이지만 이미 구원 받은 시인이 틀림없다는 생각을 해보았다.

다른 옷은 입을 수가 없네

이해인

"하늘에도
연못이 있네"
소리치다
깨어난 아침

창문을 열고
다시 올려다본 하늘
꿈에 본 하늘이 하도 반가워

나는 그만
그 하늘에 빠지고 말았네

내 몸에 내 혼에

푸른 물이 깊이 들어

이제

다른 옷은

입을 수가 없네

시인이 시를 직조해내는 솜씨는 여러 가지가 있을 터이지만, 그렇다고 모두 다 감동을 선사하는 것은 아니다. 몇 줄의 시 한 편을 읽고 난 뒤 가슴을 쿵, 때리는 그 무엇이 오래 동안 뇌리에서 지워지지 않고 울려대는 것, 말하자면 그것이 시의 힘일진대, 이해인 시인의 시는 그런 점에서 보자면 단연 탁월하다고 할 수밖에 없다. 그것은 시인이 직조해내는 시의 토양이 대부분 맑고 순결한 동심에서 비롯되기 때문일 것이다. 더구나 평생 수도생활을 하고 있는 시인의 그 깨끗한 영혼이 노래로 승화되어 읽는 이들에게 더욱 큰 울림을 주고 있다.

그런 까닭일까. 어떤 기법에도 얽매이지 않는 이해인 시인의 시는 어린아이처럼 꾸밈이 없고 간결하다.

'하늘에도 / 연못이 있네'로부터 시작되어 '이제 / 다른 옷은 / 입을 수 없네'로 끝나는 이 시는 평소 하늘나라, 즉 천국을 그리는 시인의 소망과 기도가 얼마나 간절한 것인지 짐작케 한다. 하늘연못의 푸른 물이 깊게 들어버린 몸과 혼. 그것은 이천 년 전 예수 그리스도가 요단강에서 세례요한으로부터 세례를 받은 것과 같은 의미로, 이는 천국백성으로 인침을 받은 시인이 결코 다른 옷을 입지 못하는 원인이다. 한 평생 한 마음을 품고 살아가겠다는 시인의 의지가 돋보이는 결말이라고 아니 할 수가 없다.

또 '창문을 열고 / 다시 올려다본 하늘'이란 꼭 육신의 눈으로 바라본 하늘만을 의미하는 것은 아니다. 이는 시인이 마음의 눈으로, 올려다보는 것을 의미하고 있다. 그렇다면 평생을 기도하며 살아온 시인의 눈에 비친 하늘연못은 과연 어떤 모습일까. 궁금하지 않을 수 없다.

시인은 지금 병마와 싸우고 있다고 한다. 그것조차 창조주가 내려준 연단이라고 한다면 어쩔 수 없는 일이지만, 우리 같은 범인은 아무쪼록 시인이 빨리 쾌유되어 건강한 모습으로 우리 곁에 오래 머물러 주었으면 하는 마음이다. 그래서 정말 우리들을 정화시켜주는 시편들을 계속 써주었으면 하는 바람이다.

서른아홉

전윤호

사십이 되면

더 이상 투덜대지 않겠다

이제 세상 엉망인 이유에

내 책임도 있으니

나보다 어린 사람들에게

무조건 미안하다

아침이면 목 잘리는 꿈을 깨고

멍하니 생각한다

누가 나를 고발했을까

더 나빠지기 전에

거사 한 번 해보자던 일당들은 사라지고

나 혼자 남아

하루 세 시간 출퇴근하고

열 두 시간 일하고

여섯 시간 자고

남은 세 시간으로

처자식을 보살핀다

혁명도 없이 지나가는 서른아홉

지루하기도 하다

눈에 보이지는 않지만, 사회적 구속과 통제란 엄격하다. 누구든지 그 안에 들어가면 꿈도 혁신도 얼음 녹듯 사라진다. 다만 좁은 공간에서 하루 온종일 쳇바퀴를 돌리는 다람쥐처럼 몸이 마모되고 정신이 혼미해지도록 하나의 기계가 되어 살아가게 마련이다. 그런데 강철보다 더 견고한 그 벽은 어제 오늘에 쌓여진 것이 아니다. 우리들의 아버지, 또 아버지의 아버지들이 이미 그와 같은 벽에 갇혀 꼼짝 못하고 살아오셨다.

이 시대를 살아가는 우리의 아버지들은 이와 같은 숙명적인 아픔이 많다. 왜 그들이라고 꿈이 없었겠는가. 왜 변신을 꾀해보지 않았겠는가. 그러나 그것이 크면 클수록 자신의 상처만 더 깊어질 뿐이라는 것을 깨닫는 데는 그리 오랜 시간이 걸리지 않았다. 이 시의 화자는 서른아홉이 되어서야 비로소 그것을 깨닫게 된 모양이다.

이 시의 화자인 '나'는 하루 열두 시간 일하면서도 밤마다 직장에서 쫓겨나는 악몽에 시달리는 힘없는 소시민이다. 그러면서도 여전히 지금에서의 일탈을 꿈꾸고 있다. 그런데 왜 사십이 되면 투덜거리는 것조차 포기하겠다는 것일까.

이 시는 매우 구체적이고, 사실적이다. 특별한 꾸밈이 없다. 그러나 이 시는 눈에 보이는 외연적 의미만으로 단순히 이해해서는 안 된다. 그보다는 우리 주변에서 흔히 목격되는 소시민의 일상 속에 감추어진 역설의 깊이를 살펴보아야 할 것이다. 시인이 드러내고자 하는 우의가 무엇인지를 찾아내야 한다. 비록 리듬감은 약하지만, 그런 까닭에 이 시가 더욱 우리에게 감동을 주는 것인지도 모를 일이다.

이 시를 읽으면서 나는 문득 내 나이 서른아홉일 때를 그려보았다. 부끄럽기 짝이 없지만, 그때 나는 정말 철이 없었던 것 같다. 이 시를 쓴 시인처럼 자신을 성찰하기커녕 그때까지도 어린아이마냥 허상에 젖어 살았다. 여전히 혁명을 꿈꾸면서…….

걸음의 공식

김성수

내 병이 피라미드를 만들고 있다

걸음이 들어가 누울 무덤이다

서른 하고도 네 해를 질주한 양다리가

급성류머티즘에 갇혀

내 사전에는 무릎관절이란 단어가 삭제되었다

왼발이 세 뼘 뻗으면 오른발이 네 뼘을 뻗는 통에

나는 다섯 뼘 자리에 지팡이를 찍어

피타고라스의 정리를 완성한다

이 세 꼭짓점으로 이루는 걸음은

두 점으로 이루는 걸음보다 완전하여

나는 열다섯 해 동안 넘어지지 않았다

지팡이를 앞뒤로 짚는 내 걸음은 성호를 긋는다

가파르거나 굴곡진 고난의 길에서

정합반正合反, 정반합正反合을 기도문처럼 외며

돌아가거나 비껴가는 순응에 귀의할 때

내 걸음은 단단해진다

오늘은 사전에서 어느 관절이 지워졌을까

한 장 한 장 관절의 벽돌을 얹어

육 할을 쌓아올린 피라미드에 마음을 눕힌다

아직 덮지 않은 사 할의 틈으로 온 우주가 보인다

이 시를 읽다보면 아픔과 절망 속에서 꽃을 피운다는 시의 뿌리를 다시 한 번 되새기게 된다. 그만큼 구구절절 피를 토하는 것 같은 아픔이 생생하게 묻어난다. 자신의 병이 무덤을 만든다는 첫 행부터가 가슴을 찌른다.

사실 나는 이 시를 쓴 시인과 일면식도 없다. 알고 있다는 것은 그가 현재 급성류머티즘으로 인하여 걸음이 자유롭지 못하다는 것뿐이다. 그런데도 불구하고 이 시가 내 가슴을 때린 것을 보면 그와 같은 자양분 속에서 피어난 작품이야말로 살아 있는 시편으로, 읽는 사람들에게 감동을 준다는 것을 입증하는 것이 될 것이다.

서른네 살까지 멀쩡하던 다리가 어느 날부터인가 자유롭지 못하게 되었을 때 엄습하는 절망감의 무게란 과연 어느 정도 무거운 것이었을까. 세상이 온통 무너져 내리는 것 같은 느낌은 아니었을까. 그러나 이 시를 직조한 시인은 결코 주저앉지 않았다. 왼발이 세 뼘 뻗으면 오른발이 네 뼘을 뻗는 통에 어쩔 수 없이 다섯 뼘에 지팡이를 찍곤 해야 했지만, 거기에서 시인은 오히려 피타고라스의 원리를 완성하곤 하였던 것이다. 무릎관절이 사라졌지만, 세상에 우뚝 서서 더욱 명징해진 시선으로 진정성을 퍼 올리고 있었던 것이다.

신체적 부자유는 그에게 더 이상 물러설 자리를 없게 만든 것처럼 보인다. 그러나 누구의 말처럼 '예술이 현실의 결여감에서 비롯된 꿈에서 기획되고, 해체되고, 또 재구성되는 행위의 소산'이라면 앞으로 그의 창작행위는 그가 걸어갈 걸음만큼이나 더욱 단단해질 게 분명하다.

그에게 비극은 비극이 아니다. 그래서 그럴까. 무덤 만들기를 육 할 정도 끝낸 작금에도 나머지 사 할 사이로 우주를 본다는, 피를 토하는 것 같은 시인의 그 치열성이 더욱 마음을 든든하게 만든다. 시의 본질이 개인의 사유에서 비롯되는 것이라면, 시는 곧 어린왕자처럼 우주를 자유롭게 날아다니는 것으로부터 시작되는 것이 아니겠는가.

그런 의미에서 볼 때 이 시는 특히 지금도 어둠 속에 갇혀 살고 있는 장애인들에게 꼭 권하고 싶은 시이다.

우산 위에 떨어지는 비

이상교

콕, 콕, 콕, 콕, 콕……
우산 위에 떨어지는 빗방울의 발꿈치는 뾰족하다.

콕, 콕, 콕, 콕, 콕……
뾰족한 발꿈치가 입이다.

콕, 콕, 콕, 콕, 콕, 콕, 콕, 콕, 콕, 콕……
뭐라, 뭐라, 뭐라, 뭐라, 뭐라……

발꿈치 입이 하는 말
무슨 얘기인지 하나도 못 알아먹겠다.

버스정거장까지 다 오도록

지치지도 않고

콕, 콕, 콕, 콕, 콕, 콕, 콕……
뭐라, 뭐라, 뭐라, 뭐라, 뭐라……

바람이 불거나 비가 쏟아지는 날이면, 나는 자연이 우리에게 또 말을 걸고 싶어 하는 것은 아닐까, 생각하곤 한다. 하지만 무지한 탓인지, 아니면 세파에 때가 더께로 앉은 탓인지, 아직까지 그 뜻을 알아듣지 못하는 것은 여전하다. 그냥 우우, 쉬쉬, 투둑거린다는 정도밖에는 알아들을 수가 없다. 어느 시인은 꽃이나 별과도 대화를 나눈다는데, 그런 면에서 보자면 나는 아직 그런 세계에 도달하지 못한 문외한이 분명하다.

이 시를 읽다보면 과연 시는 무엇인가, 하는 고민에 다시 빠지게 된다. 사물을 관찰하고 그것을 자신만의 상상력으로 변용시켜 형상화한 것이 시라고 한다면, 이 시를 쓴 시인의 상상력은 어디에 근거를 두고 있으며, 또 그 끝 간 데 없는 감수성은 어디에서부터 솟구치는 것일까, 놀라울 따름이다.

해답은 아주 쉬운 곳에 있었다. 그것은 어린아이 같은 마음이었다. 그렇다. 시란 그처럼 순수하고, 투명한 빛깔의 마음 밭에서만 자라는 유별난 식물인 것이다. 고정관념이라는 토양 속에서는 도저히 자라지 못하는…….

이 시의 동기는 매우 단순하다. 구조 역시 단순하게 짜여 있다. 2행 6연으로 된 구조는 의성어와 시인의 혼잣말이 주류를 이루고 있다. 그런데 여기에서 우리가 주목해야 할 것은 반복되는 '콕, 콕, 콕, 콕'과 '뭐야, 뭐야, 뭐야'이다. 이는 어찌 보면 오래 전부터 소통되지 않는 자연과 인간, 또는 인간과 인간들 사이의 단절을 은연중 드러내고자 하는 시인의 절규라고도 볼 수 있다. 소통부재…….

비가 쏟아지는 어느 날, 시인은 우산을 쓰고 버스정거장까지 걷게 되었던 모양이다. 그때 그는 빗방울들이 보내는 메시지를 듣게 되었다. 콕, 콕, 콕, 콕…….. 그러나 아무리 뾰족한 발꿈치로 다급하게 찌르고, 입으로 떠들어도 시인은 그 메시지를 못 알아듣는다. 뭐라, 뭐라, 뭐라……. 이것이 이 시가 속에 감추고 있는 훌륭한 아이러니인 것이다.

때,

한영옥

내 몸 안의 한 섬 쌀알

죄다 털어내어

밥 짓고, 떡 치고

그대 몸 안의 한 말 소금기

죄다 우려내어

배추 절이고 무 절이고

내어놓을 마음 더는 없을 때

따로 먹은 마음 이제 없을 때

이 세상엔 다 때가 있게 마련이다. 사랑도 때가 있으며, 이별도 만남도 다 때가 있다. 이 시는 그런 '때' 가운데에서도 사랑할 때를 찍어 극명하게 조망하고 있다.

사실, 우리 인류가 하나님으로부터 받은 선물 가운데 가장 크고 아름다운 것을 꼽으라면 사랑이 아니겠는가. 특히 남녀의 지고지순한 사랑 이야기는 언제 들어도 싫증이 나지 않는다. 어렸을 적에는 그 사랑의 대상이 눈에 밟혀 밤을 하얗게 밝혔던 적도 있었다. 그토록 하나가 되기를 열망하는데 왜 하나님은 둘로 나누어 놓았을까, 원망 아닌 원망을 한 적도 있었다.

이 시는 비교적 짧은 작품이다. 그럼에도 불구하고 사랑의 본질을 정제된 언어와 고도의 비유로 조금도 흩어짐 없이 그려내고 있다. 어찌 보면 우리 마음에 내재된 원초적 본능이 그 짧은 8행에 응축되어 있다고 봐도 옳을 것이다. '내 몸 안의 한 섬 쌀알'과 '그대 몸 안의 한 말 소금기'가 한데 어울려

'더는 내어놓을 마음'과 '따로 먹은 마음'이 없을 때가 되었다는 것은 더 이상은 남남이 아닌 하나가 되었다는 것의 의미로, 이는 우리 모두가 바라는 사랑의 극치가 아니겠는가. 각각 다른 개체인 '배추'와 '무'를 절이는 것 또한 각각 다른 두 몸이 하나로 합치 되어가는 과정인 것이다.

그러나 이 시대의 사랑이란 꼭 그렇지만은 않은 것 같다. 물론 그와 같은 사랑이 아직도 있을 터이지만, 대부분의 사랑은 본질에서 많이 퇴색된 것 같아 안타까움을 금할 수 없다. 타산적이고, 쾌락적이고, 일회성으로 변질되어가는 것을 꼭 시류 탓이라고 할 수만은 없지 않을까.

우리는 흔히 사랑은 소유라고 일컫는다. 그것 때문에 동서고금을 막론하고 인류는 투쟁하고, 쟁취하고, 때로 죽음도 불사해 온 것 또한 사실이다. 그러나 그것은 속물근성에서 비롯된 것이다. 정말 사랑을 한다면 갖는다는 소유욕을 떠나 먼저 아낌없이 내어주고 싶은 마음이 앞설 것이다.

그런 의미에서 볼 때 이 시가 우리에게 던져주는 메시지는 분명해진다. 먼저 내 몸 안에 쌓여있는 '쌀알 한 섬'부터 죄다 털어내어 주고, 뒤이어 상대의 몸 안에 있는 소금기 한 말을 죄다 우려내어 한 몸을 이르는 사랑……. 이것이야말로 정말

사랑다운 사랑이 아니겠는가. 시인은 그런 절정의 때를 '때'
라고 명명한 것이다.

수평선

허만하

뽕잎을 갉아먹던 상아색 벌레가 머리를 휘저으며 뿜어내는 가늘고 가는 실의 반짝임. 구름 한 포기 없는 하늘의 맑은 푸름과 구김살 없이 잔잔한 바다의 짙푸름을 가르는 팽팽한 명주실 한 올. 가까이 다가갈수록 한 걸음 더 멀리 물러서는 거리. 뒤를 돌아보면 떠나온 자리에 어느덧 새로 태어나 있는 아득한 번득임. 끝내 그곳에 이르지 못하는 수평선.

내가 바다를 처음 본 것은 중학교에 막 입학했을 때였다. 그때 처음 접해본 바다는 정말 장관이었다. 찝찌름한 바다냄새와 발밑까지 몰려와 하얗게 부서지는 파도. 그리고 잉크를 풀어놓은 것 같은 짙푸른 물결과 저 멀리 한 선으로 하늘과 아스라이 맞닿은 수평선……. 모래밭에 앉아 나는 한동안 그 낯선 광경에서 눈을 돌릴 수가 없었다. 그림에서 보던 것과는 또 다른 넓고 큰 세계였다.

아주 잠깐이었지만 그때부터 나는 바다를 동경했다. 그러나 그때뿐 다시 바다를 볼 수 있는 기회란 쉽사리 찾아오지 않았다. 그래서 이따금 꿈속에서 만나는 것으로 위안을 삼아야 했다.

이 시에는 우리들의 과거와 현재, 그리고 미래가 은유와 함께 공존하고 있다. 모두 다섯 개의 명사형 문장으로 직조되어 있는 이 시는 얼핏 보면 그냥 우리 눈에 비친 수평선의 모습을 형상화한 평범한 시처럼 느껴질 수도 있다. 그러나 시인의 작의는 꼭 그런 것이 아닌 듯하다. 그렇다면 처음 뽕잎을 먹는 누에부터 시작해서 도저히 닿을 수 없는 것으로 끝나는 이 시의 외연적 의미는 무엇일까.

이 시의 전반부는 '가는 실'과 '명주실 한 올' 등, '실'이라는 사물이 두 번 등장한다. 더구나 가늘고 가는 그 '실'은 자칫 잘못하면 곧 끊어질 것처럼 팽팽한 상태이다. 이 긴장이야말로 우리 삶의 한 단면을 비유했다고 본다. 또 후반부에 오면 다가갈수록 '물러서는 거리'와 뒤를 돌아보면 그 자리에 새로 피어난 '아득한 번득임', 그리고 끝내 이르지 못하는 것으로 결구를 맺는 등, 유독 '거리'를 열거하고 있는데, 이것 또한 우리의 현재와 과거, 미래를 아우르는 것이라고 볼 수 있다. 저마다 꿈을 가지고 달려가지만 신기루처럼 끝내 그것에 이르지 못한다는 것으로 결구를 맺었다는 것은 그만큼 우리의 미래가 불투명하다는 것 아니겠는가. 이 시의 울림이 큰 것은 바로 이런 이유 때문이다.

수평선 하나를 놓고 이처럼 시공을 초월한 시를 쓰는 시인의 세계가 놀랍다. 이와 같은 이 시인의 은유와 형이상학적 미학은 이미 시단에 정평이 나 있을 정도이다. '시는 무엇을 이야기하느냐'가 중요한 게 아니라 '어떻게 이야기하느냐'가

중요하다는 노시인의 가르침은 오늘날 젊은 후학들이 꼭 귀담아 들어야 할 말이 틀림없다.

아버지와 인도

최명길

아버지는 내가 인도에 가 있는 줄 아신다.

만리 서역 천산 남로를 따라

길을 떠나기 앞서 나는 아버지께 말씀을 올렸다.

아버지 제가 인도에 다녀오겠습니다, 라고

하지만 돌아와서 돌아왔다는 말씀을 못 드렸다.

그리고 그 사이

아버지께서는 홀연히 육신의 탈을 벗으셨다.

큰절을 올렸으나 이미 침묵이셨다.

죽어서 더욱 살아 움직이는 강가강 새벽 연기처럼

향불은 살아 죽어 있는 방안을 흔들어 깨우는데

아버지는 아들의 인도를

눈동자에 담고 잠드셨을까?

그곳은 멀지 하시던

인도, 오 아버지!

가끔 우리는 뜻하지 않은 일을 당하여 당혹해 할 때가 있다. 바쁘다는 핑계로 며칠 병상을 찾지 못했을 때 문득 들려온 지인의 부음……. 하물며 그것이 부모 자식 사이에 일어난 일이라면 얼마나 안타까울까. 뒤늦게 후회해보지만 다시 되돌릴 수 없는 경우가 바로 그런 때이다.

화자는 아마 앓고 있는 아버지에게 인도에 다녀오겠다고 인사를 드린 뒤 떠났다가 돌아온 모양이다. 그러나 잘 다녀왔습니다, 하는 인사를 받아야할 아버지는 이미 이 세상 사람이 아니었다. 육신의 탈을 벗은 아버지는 이별을 준비하지 못한 아들 앞에 침묵하고 있다.

그러나 시인은 아버지의 죽음을 그냥 주검으로 인정하지 않는다. '죽어서 더욱 살아 움직이는 강가강의 새벽연기'처럼 아버지가 다시 환생할 것을 믿으려 하는 것이다. 그래서 망자를 위해 피워놓은 향불조차 예사롭게 보아 넘기지 않는다.

이 시의 이해는 인도와 아버지의 죽음에서 출발해야 할 것이다. 그렇다면 인도는 어떤 나라인가. 불교의 발상지이기도 하며, 또 힌두교가 곧 그 나라 문화가 되는 곳 아닌가. 윤회와 업보의 굴레로부터 해방되는 것을 생의 최대의 목표로 삼고 해탈을 염원하는 도인들이 거리를 배회하는 나라……. 그래서 그럴까. 이 시는 종교적 색채가 짙다. 아버지의 죽음 역시 결국은 거기에 머물러 있다고 봐야 한다. 그러므로 결구에 아버지가'그곳은 멀지 하시던'것도 이와 맥락을 같이 하고 있다.

이 시는 차분하고 부드러운 어조로 시종일관 하고 있다. 간간히 간접대화체가 삽입되어 더욱 쉽게 다가온다. 아버지와 아들 간의 사랑과 이별도 잘 드러나 있다. 그러나 우리가 결코 놓쳐서는 아니 될 것은 그 속에 담겨 있는 생명과 죽음에 관한 깊은 사색이다.

민들레

이홍섭

사랑은 귀신도 모르게 해야 하는데
내 사랑 감출 수 없어 꽃으로 피어 났어요

구하지 않았는데 밤하늘에 별이 뜨고
부르지 않았는데 청청하늘에 시린 낮달이 떠요

후, 불면 날아가는 게 사랑인 줄 알지만
그래도 명치끝에는 언제나 맑은 옹이가 남아 있어

그 힘과 그 부끄러움으로 길게 목을 빼어요

민들레는 봄이 되면 흔히 목격되는 꽃 가운데 하나이다. 자그마하지만 다년생인 민들레는 생명력이 강해서 길가는 물론, 아스팔트나 시멘트 블록의 갈라진 틈새 따위 등, 빈틈이 있는 곳이면 어디든지 단단히 뿌리를 내리고 피어난다. 줄기도 없이 밑동 잎부터 심장형으로 낮게 뻗은 잎은 깃꼴로 깊게 갈라지고, 가장자리에는 톱니까지 나있는 민들레……. 그래서 우리는 이 억센 식물을 밟아도 밟아도 다시 꿋꿋하게 일어나는 민초에 비유하기도 한다.

더구나 민들레는 우리의 몸에 이로움을 주는 까닭에 예부터 우리 조상들이 상용한 식물이다. 즉, 간의 기능을 강화시켜준다 하여 꽃을 달여서 차로 마셨고, 잎과 뿌리는 말려서 가루로, 혹은 환을 만들어 위염과 위궤양 등에 효험을 보았던 것이다. 어디 그뿐인가. 칼슘과 칼륨, 미네랄 등의 무기질과 함께 철분, 인 등의 성분까지 있어 천식이나 기침에도 탁월한 효능을 보였다. 거기다가 여린 잎은 나물로 식탁에 오르기도 한다.

봄소식과 함께 우리 곁으로 달려와 누가 반기지 않아도 여기저기 피어나는 전령 같은 민들레가 특히 우리에게 친숙한 이유는 꽃이 지고 난 뒤 그 자리에 하얀 솜털을 달고 앉아 있는 씨앗 때문이다. 이 시에 표현되어 있는 것처럼 씨앗은 바람 한 점에도 기다렸다는 듯이 하늘 높이 날아오른다. 그리고는 미련 없이 허공을 바람 따라 둥둥 떠다닌다.

독백체로 되어 있는 이 시는 비단 민들레만을 국한시켜 그려내고자 한 것은 아닌 것 같다. '사랑'을 하고, '사랑의 씨'를 떠나보내야 하는 이별의 아픔이 어찌 한낱 민들레뿐이겠는가. 이것은 이 세상에 존재하는 모든 생물의 본능이기도 하지 않은가. 시인이 말하는 '구하지 않았는데 밤하늘에 별이 뜨고/ 부르지 않았는데 청청하늘에 낮달'이 뜬다는 것도 결국은 그 때문이리라.

그래도 시인은 실망하거나 절망하지 않는다. 씨앗이 떠난 자리에 사랑의 흔적인 '맑은 옹이'가 남아 있는 까닭이다. 이것이야말로 사랑의 힘이 아니고 무엇이겠는가.

달력을 얻으러 다니던 시절이 있었다

박대성

연말이면 아버지는 은행, 약국, 백화점을 돌며 달력을 얻으러
다녔다.
마치 자신이 주문한 물건을 찾으러 다니는 사람처럼 의기양양
때 묻지 않은 시간을 찾으러 다녔다.
하지만 아버지가 얻고픈 시간들은 쇼윈도에서 반짝일 뿐
얻어올 수 없었다.
단골이 아니라는 까닭이었다.

아버지가 얻어오는 것은
참이슬, 처음처럼 같은 술 회사나 시장통 잡화점 달력들이었
다.
그 때문이었는지 언제나 우리 집은 술과 잡화의 과잉과 부족
으로 소란하였다.

술 회사 달력들은 사시사철 꽃바람 비키니를 입고 가족들을
응원하였다.

덕분에 식구들은 무럭무럭 가족이 되었다.

아버지가 얻어온 새 달력들은 소란으로 얼룩진 벽에 걸리고

집은 방금 도배를 마친 것처럼 화사해지고

식구들의 눈동자는 네온사인처럼 반짝였다.

찬바람이 불어오면 아버지는 달력을 얻으러 다녔다.

요즘은 인기가 없지만, 오육십 년 전만해도 달력의 인기는 꽤나 높았다. 초겨울 찬바람이 불기 시작하면 퇴근하는 사람들의 옆구리에는 어느새 둘둘 말은 달력이 한두 개쯤 끼어 있게 마련이었으며, 그걸 가지고 귀가하는 발걸음이란 의기양양했다.

달력의 종류로는 그림이나 사진이 있는 밑에 두 달이 한꺼번에 들어 있는 게 대부분이었지만, 한 장에 열두 달이 모두 빽빽하게 들어차 있는 것도 허다했다. 그것이나마 고맙게 받은 가정은 눈에 잘 띄는 곳에 풀로 단단히 붙여놓고는 일 년 열두 달 동안 바라보며 보내기 일쑤였다. 그럴 때의 그것은 마치 새로 도배를 한 것처럼 방안이 화사했다.

우리 집도 예외는 아니었다. 육십 년 전, 그것을 몇 개 얻어온 아버지는 방마다 그것을 붙여놓고 새해를 맞곤 하였다. 그러면 우리는 매 장마다 속살이 훤히 비치는 옷을 입고 화사하게 웃는 여자들의 고운 자태를 보며, 공연히 부끄러워했다.

요즘처럼 시가 읽히지 않는 때는 일찍이 없다고 한다. 이를 두고 뜻있는 사람들은 시의 위기라고까지 부르고 있다. 그렇다. 매일, 또는 매달 양산되는 이 땅의 수많은 시들은 독자들로부터 외면당한 채 시인들끼리 만의 소통 기호 정도로 전락한 느낌이다. 이는 어느 시인이 지적한 것처럼 난해하고 정신분열적인 우리 시의 자해성 때문이기도 할 것이며, 또 한편으로는 일단 시선을 끌면 시도 상품이 되지 않겠느냐는, 몽매한 시인들의 상업주의적 발상에도 문제가 있다고 본다.

　그런 의미에서 보자면, 이 시는 그와 같은 굴레에서 온전히 벗어나 있는 게 확실하다. 관찰자 시점으로 그 시대를 공유한 사람들로 하여금 아날로그 시대를 뒤돌아보게 하는 화자의 시선이 때 묻지 않은 순수성을 느끼게 한다. 달력을 얻기 위해 은행, 약국, 백화점을 돌아다니다가 결국은 술 회사나 잡화점 달력 몇 장 들고 귀가하는 아버지의 등장이 얼마나 소박하고 건강한가.

　이 시를 보면 우리의 시가 왜 독자들로부터 소외당하는지 의구심을 떨쳐버릴 수가 없다. 시인이란 밥이 우선이 아니라, 사물이나 대상들과의 교감을 통해 그것이 가진 속성을 관찰하고, 그것이 가진 생명력을 공유하는 것으로부터 시작하여야 한다면 이 시를 쓴 시인은 바로 그런 위인일 것이다.

화가 뭉크와 함께

이승하

어디서 우 울음소리가 드들려
겨 겨 견딜 수가 없어 나 난 말야
토 토하고 싶어 울음소리가
끄 끊어질 듯 끄 끊어지지 않고
드 들려와

야 양팔을 벌리고 과 과녁에 서 있는
그런 부 불안의 생김새들
우우 그런 치욕적인
과 광경을 보면 소 소름이 끼쳐
다 다 달아나고 싶어

도 同化야 도 童話의 세계야

저놈의 소리 저 우 울음소리

세 세기말의 배후에서 무 무수한 학살극

바 발이 잘 떼어지지 않아 그런데

자 자백하라구? 내가 무얼 어땠기에

소 소름이 끼쳐 터 텅 빈 도시

아니 우 웃는 소리야 끝내는

끝내는 미쳐 버릴지 모른다

우우 보우트 피플이여 텅 빈 세계여

나는 부 부인할 것이다.

이 시를 읽으면 화가 뭉크의 '절규'속에 갑자기 간힌 느낌을 갖게 된다. 몇 번을 반복하여 읽어보아도 마찬가지이다. 입을 크게 벌리고 어딘가를 응시하며 외치는 비명과 곧 무엇이 덮칠 것만 같은 배경, 그것이 고막을 때리는 것 같아 잠시 귀를 막아보기도 한다. 그것은 아마도 이 시인이 의도적으로 사용한 게 분명한, 말 더듬는 어조가 더욱 을씨년스럽게 다가오기 때문일 것이다.

시인은 이 시에서 특별히 때와 곳을 명시하지는 않았다. 그러니까 지금 우리가 사는 이 지구촌 어딘가에서 벌어지고 있는, 아프리카 신생국이나 또는 민주화 열풍에 휩싸인 중동의 어느 나라일 수도 있다. 그만큼 지구촌 곳곳에서는 이 시간에도 이와 같은 만행이 자행되고 있는 게 사실이니까…….

우리도 예외는 아니었다. 이데올로기 갈등으로 인한 민족의 수난과 독재정권, 군사정권 등으로 많은 사람들이 특별한 이유도 없이 잡혀가 고초를 겪었으며, 피를 흘렸고, 목숨을 잃었다. 오늘날 우리의 정치가 이만큼이나마 발전한 것은 그들의 피가 담보가 되어 이룬 것이라고 해도 과언이 아닐 것이다. 그런데 그 시절 서슬이 퍼렇던 독재정권과 당당히 맞서 싸우던 그 전사들은 지금 모두 다 어디에서 무얼 하고 있는지…….

이 시는 화자가 잡혀와 처음엔 울음소리를 듣고, 고문의 광경을 목격하고, 다음으로는 자신이 당하고, 그리고는 고문하는 자들만이 살아남은 빈 도시를 순서대로 그려가고 있다.

이 시는 시인의 등단 작품이다. 지금도 떠오르는 것은 이 시를 대했을 때의 그 생경스러움이다. 80년대의 고통과 절망, 좌절이 그대로 묻어나 있다. 시가 낯설게 보여주기라면, 아마도 이 시만큼 충실한 작품도 드물 것이다.

두려움이란 자신이 직접 고문을 받는 것보다도 옆방에서 들려오는 비명소리와 울음소리를 들을 때가 몇 갑절 더 배가 된다고 한다. 이 시는 그런 점을 다시 한 번 절감케 하는 탁월한 작품이다.

깡통미학

박남희

깡통은 비어 있으므로 행복해진다

그 안에 소리를 더 많이 가둘 수 있으므로,

소리의 아빠와 소리의 엄마가 사랑을 해서

소리를 낳고……

마음대로 찌그러질 수 있으므로, 찌그러져도

누가 흉보지 않으므로 행복하다

무엇보다도 깡통은

비어 있을 때 비로소 깡통이 된다

그 속에서 깡통의 자의식이 무럭무럭 자라고

자라서 모든 쓸 데 없는 것들의 비어 있음을

자유롭게 확인하고 손뼉을 치며

마음껏 소리 지르는 깡통 곁에 서 있는 나는

왠지 귀가 멍멍하다

사람들의 속성 가운데 가장 두드러진 것은 아마도 낮아지기를 싫어한다는 것이 될 터이다. 상대적이기는 하지만 대체로 지기 싫어하는 사람들은 그래서 본능적으로 경쟁하고, 높은 곳을 향해 오르기를 좋아하며, 소유와 명예를 취하기 위해 투쟁을 일삼기 일쑤이다. 그런 까닭에 분량의 차이는 있을지 몰라도 그 마음속에는 항상 자랑과 오만, 욕심이 차 있는 게 대부분이다. 다만 그것들을 이성으로 위장하고 있을 따름이다. 이 시가 의미하는 속뜻이 우리에게 더욱 절실하게 다가오는 것은 그런 이유가 될 것이다.

어렸을 때 빈 깡통에 작은 돌 몇 개를 넣고 흔들며 놀던 시절이 있었다. 가난하던 시절 놀 것이 별로 없던 때 심심풀이 삼아 놀던 놀이였는데, 그 달그락거리는 요란한 소리 때문에 가끔 어른들한테 야단을 맞기는 하였지만 재미있게 놀았던 것으로 기억한다. 지금 생각하면 뭐 그런 싱거운 게 다 있을까 싶지만, 그때는 꼭 그렇지만도 않은 것이어서 해가 떨어지는 줄도 모르고 동네방네 쏘다니며 흔들고 놀았다. 그때 깨달은 것은 깡통이란 마치 이 시처럼 속이 비어 있을수록 더 큰 소리를 낸다는 것이었다.

시에서 인간이 배제되어 있다면 시인의 체온과 체취를 느낄 수가 없게 된다. 그래서 시는 어떤 형태로든 인간을 노래하게 마련이다. 그런 점에서는 이 시도 마찬가지여서, 시인은 깡통의 깡통다움을 통해 그 뒷면에 있는 또 다른 얼굴의 인간을 비판하고 있다. 그런데 문제는 이 시인의 시선이다. 이 시인은 다른 시인들과 달리 따뜻하고 낮은 시선으로 그것을 직조해내고 있다. 결코 높지 않은 목소리로, 인간에 대한 그의 태도를 역설하고 있는 것이다. 이것은 아마도 이 시인이 추구하는 시의 포에지인지도 모를 일이다.

비어 있는 깡통은 소리를 가둘 수 있어 행복하고, '찌그러져 있어도 누가 흉보지 않아 행복하다' 그렇다면 시인이 이야기하고자 하는 버려야 할 '쓸 데 없는 것들'이 무엇인지는 분명해진다. 그런데 왜 우리들은 그것을 모두 비웠을 때 참다운 자유를 누릴 수 있다는 걸 모르는 것일까. 그렇다. 그것을 '마음껏 소리 지르며' 가르쳐주는 깡통 곁에 있으면서도 귀가 멍멍하여 듣지 못하는 사람은 비단 시인 혼자가 아닐 것이다.

오늘 밤은 문득 박 시인이 보고 싶다. 모두 다 앞에 나서려고 기를 쓰는 이즈음에도 결코 앞장서기를 거부하고 시와 더불어 조용히 살고 있는 시인의 그 나지막한 목소리가 듣고 싶다.

이런 애인 구함

박윤배

아플 때는 쨍쨍한 햇살 아래 인진쑥 같아

멍청한 척 나를 맑게 하는 여자

무심코 던진 여자 이야기에 입술이 먼저 씰쭉

질투인 듯 나를 착각하게 만드는 여자

몇 번의 칼자국 지나간 몸은

가문 논 물 대느라 파인 도랑 같다 해야 하나

카메라 앵글 들이대면 요리조리 표정 몸짓

풀잎 그늘 옮겨 앉는 달팽이 같더니

코스모스 흔들릴까 쪼그리고 앉아 소리 없이 오줌 누며

나를 등 돌리고 망보게 하는 여자

내 흐린 기억력에 강력분 반죽처럼 응고되어

흐트러지지 않는 수제비처럼

게으른 아침잠에 스케줄을 챙겨줄 여자

제 눈에 안경이라는 속담이 있다. 또 이와 비슷한 말로, 눈에 콩깍지가 씌었다는 말도 있다. 이것들은 도무지 어울리지 않은데 죽고 못 사는 커플들을 두고 일컬을 때 사용하는 말이다. 하긴, 우리 주변에 이런 짝들이 어디 하나둘인가. 아니 어쩌면 이 세상천지의 많고 많은 커플들이 모두 이에 해당된다고 할 수도 있지 않을까.

이성에게 끌리는 기준은 사람마다 제각각 다르다고 할 수 있다. 누구는 얼굴, 또 누구는 몸매, 또 누구는 외모보다 마음씨나 성격, 또는 배경이 되는 집안이나 학력, 재산 등, 천차만별이다. 그렇지만 이는 매우 주관적인 것이므로 함부로 탓할 수만도 없다. 누가 누구를 탓한단 말인가. 제 눈에 안경인데……. 결국 그렇게 만난 이성과 잘 되어 백년해로를 하게 되면 자신의 기준이 옳았다고 생각할 것이고, 잘못되어 중도에 헤어지는 불행을 겪게 되면 그때에는 틀렸다는 것을 깨닫게 될 것이다. 그게 인생 아닌가.

이 시인도 그런 기준과 원칙을 가지고 여자를 찾는 모양이다. 그러나 성품이 까다롭지 않아서 그 기준이나 원칙이 매우 소박한 편이다. 그가 좋아하는 여자는 공연히 새침하거나 내숭을 떠는 여자가 아니라, 투박하지만 진정성이 있는, 그런 여자인 듯하다. 남자를 망보게 하고 쪼그리고 앉아 오줌을 눌 정도의 대담성도 갖춘……

이 시의 시적 화자가 이러쿵저러쿵 구체적으로 열거하는 여자는 결국 그 행동으로 미루어 볼 때 한 여자로 모아진다. 그렇다면 지금쯤 시인은 그와 같은 여자를 구했을까. 아니, 어쩌면 시인은 그때 이미 구해놓고 이 시를 썼을지도 모른다.

요즘 우리 시단을 지배하는 시편들을 살펴보면 너무 엄숙하고 경건하고, 난해해서 이해하기 어려울뿐더러 감동도 주지 못하는 경우가 허다하다. 독자와 멀어진 이유 역시 그런 점에서 기인한다고 본다. 그렇다면 이 시는 어떤가. 이 시는 요즘 유행하는 시편들과는 다른 느낌이다. 먼저 입가에 미소를 머금게 하는 신선한 마력을 지니고 있다. 우리의 주목을 끄는 이유도 거기에 있다고 할 것이다. 아이러니와 위트……. 시의 생명이 모름지기 읽는 이들에게 감동을 주고 충격을 주는 것이라면 이를 위해 시인들은 평생을 끝없이 탐색하고, 연구하고, 시도해야 할 것이다.

밥

임영석

밥이란 말처럼 단호한 말은 없다
한 번 말을 뱉으면 입을 꼭 다물어야 한다
입을 벌려 말을 하면 밥이란 말은 밖으로 다 새어나간다
입에서 새어나간 것은 밥이 되지 않으므로
공손히 입을 다물어야 밥이란 뜻이 완성된다

밥을 먹을 때는 밥이란 말을 하듯 공손히 먹어야 한다
고기처럼 이빨로 뜯어 먹어서도 안 되고
물을 마시듯 꿀꺽꿀꺽 삼켜서도 안 된다
살면서 가장 소중한 것은 밥을 잘 먹는 일이다
밥 속에 삶의 브레이크가 있기 때문이다

이 세상에서 밥만큼 소중한 것이 또 있을까. 생존의 절대적 조건인 밥은 우리의 피와 살이며, 힘이다. 밥이 있음으로 우리는 행복하고, 밥이 있음으로 단란하다. 자고이래 민초들에게는 오직 배불리 먹는 것이 최대 희망이었다. 그런 까닭에 밥은 때로 전쟁의 원인이 되기도 하였으며, 정권의 붕괴도 가져왔으며, 부富의 척도가 되기도 하였다. 그러나 이는 비단 과거의 이야기만이 아니다. 지금도 지구촌 여러 곳에서는 이와 같은 현상이 비일비재하게 빚어지고 있다. 공손하지 못하게…….

이 시는 밥에 대한 노래이다. 그러나 시인은 이의 존재를 단지 형이하학적인 '밥'으로만 표현하지 않는다. '단호하다'란 말로 시작된 1연의 '밥'은 입을 벌려 '말'을 뱉지 않아야 진정 '밥'을 먹을 수 있다는 아이러니를 담고 있다. 이는 하고 싶은 말이 있어도 '밥'을 얻기 위해서는 공손히 입을 다물어야 한다는 의미이며, 오늘날 더 이상 빈곤해지지 않기 위해서

입을 다물고 일상을 묵묵히 살아가는 소시민의 모습이라고 도 할 수 있다.

2연에 넘어오면 시인은 '밥'의 의미를 더욱 각인시키고 있다. '밥'을 먹는 사람의 태도를 통해 '밥'이 우리에게 얼마만큼 소중한 것인가 말하고 있는 것이다. '공손히'를 전제로 한 시인은 '밥'을 먹을 때는 고기처럼, 그렇다고 물처럼 먹어서도 아니 된다고 강조한다. 그런데 왜 시인이 이와 같은 주장을 펼쳐놓았는가 하는 의문은 마지막 두 행에 이르면 더욱 확실하게 풀어진다. '살면서 가장 소중한 것은 밥을 잘 먹는 일'이라는 것과 '밥 속에 삶의 브레이크가 있다'는 의미는 결국 떳떳한 '밥', 정직한 '밥'을 통해 '밥'이 지닌 숭고함을 알리고자 하는 것이다. 하긴, 더 많은 '밥'을 차지하기 위해서 온갖 부정을 저지르고, 뇌물을 받고, 매점매석하는 사람들이 하나 둘은 아니잖은가. 이는 '밥'을 '밥'으로 생각하지 않고, 단지 욕망의 도구로 삼고 있는 까닭인 것이다.

시인이란 대부분 진리나 사랑을 본질적 가치로 알고 추구하는 사람들이다. 그러므로 유용성이라는 세속적 가치가 상존하는 이 세계와는 늘 갈등하며 치열한 내적싸움을 벌이게 마련이다. 그것에 대한 보상이 비록 보잘것없어도……

이 시인이 오늘 우리에게 더욱 소중하게 느껴지는 것은 바로 이런 점 때문이다.

덕장

김혜수

담장 안 빨랫줄에

며칠째 걷지 않은 겨울빨래가 널려 있다

마르기도 전에 얼다 녹다

다시 얼어붙은

미처 걷지 못한 빨래 위로 눈발 날린다

맛이 깊고 육질 뛰어난 황태가 되기 위해선

추위와 바람 속에서 거듭

얼었다 녹았다 해야 한다

담장을 넘지 않으려 애면글면

다시 얼어붙은 눈물은 단단하다

영하의 공중에 가랑이 벌린 채

내복바람으로 오래도록

벌 서는 가족들

가출한 당신이 돌아오지 않고 있다

벗어두고 간 팔다리

저 혼자 펄럭이다가

줄 위에서 부르르 떨며

눈발 속에

물구나무 선 채

한 겨울 대관령을 넘던 때가 있었다. 삶이 너무 힘들고 버거워 이렇게 살아서 무엇 하나, 하던 때였다. 매서운 칼바람이 온몸을 난도질했다. 나도 모르게 눈물과 콧물이 마구 흘러내렸다. 그것이 날씨 탓인지, 아니면 팍팍한 삶 탓인지는 나 자신도 분간하기 어려웠다.

그때 내 눈에 들어 온 것이 황태 덕장이었다. 굵은 힘줄처럼 완강하게 버티고 서 있는 덕장엔 며칠이나 되었는지 이미 많은 황태가 거꾸로 매달린 채 꼿꼿하게 얼어 있었다. 벌거벗겨진 채 코가 꿰어 칼바람을 맞고 있는 그것들이 내 눈에는 왠지 자꾸만 순교자들처럼 느껴졌다.

일꾼들의 말에 의하면 황태가 정말 맛을 내기 위해서는 겨울 내내 '얼다 녹다'를 수없이 반복해야 한다고 했다. 그런데 그게 어디 황태뿐이겠는가. 우리의 삶과 사랑, 그리고 눈물도 그렇지 않은가.

이 시는 우리의 삶을 덕장에 비유하고 있다. 눈발 날리는 겨울철, 걷지 않은 채 빨랫줄에 며칠씩 걸려 있는 빨래와 누가 들을까봐 몰래 속울음을 삼키며 흘리는 눈물……. 그 팍팍한 삶의 풍경이 덕장에 거꾸로 걸려 있는 황태처럼 단단하게 다가온다. 슬픔의 힘이란 바로 이런 것을 두고 하는 말일 것이다.

이 시를 쓴 시인의 빛나는 통찰력은 이처럼 영혼이 떠나간 주검 같은 황태와 며칠째 물구나무로 서 있는 빨래라는 존재에서 눈물겹도록 지난한 우리의 공동체적 삶을 그려낸 데서 시작된다. 이는 추위와 바람, 눈발, '영하의 공중'이라는 외적 폭력에 속절없이 무너지는 가족의 연대성에 대한 사랑이며 연민의 시선이기도 하다. 특히 '내복 바람으로 오래도록 / 벌서는 가족들'과 '가출한 당신' 등에 이르면 이는 더욱 극명하게 나타난다. 가족의 붕괴와 해체……. 그러니까 시인은 지금 우리에게 그 무너진 가족주의를 고발하고 다시 복원시키고자 하는 것이라고 할 수 있다.

남탕

박제영

세상의 모든, 아비들이 실은
꼭꼭 숨겼던, 남근들이 죄다
저리도 속절없이, 흔들리고 있는 것이다

뻣뻣하게 거드름 피운 것도 생각해보면
가늘고 무른 속이, 흔들리는 제 뿌리가
드러날까 두려웠던 것

세상의 아비들은 다만
살기 위해 딱딱해져야 했던
무골無骨의 가계家系를 숨기고 싶은 것이다

이 시대를 살아가면서 가장들이 겪어야 하는 아픔과 시련은 수없이 많다. 이는 물론 부성의 힘으로는 도저히 맞설 수 없는, 막강한 '사회'와의 갈등 등이 주원인이라고 할 수 있겠지만, 그보다는 대부분 '자신'과 '가정'을 지키기 위한 몸부림에서 비롯된다고 보아야 옳을 것이다. 그러기 위해서 그들은 간혹 자신을 위장하여 뻣뻣하게 큰소리를 쳐보기도 하고, 또 때로는 이와 반대로 자신을 감추고 비굴하게 손바닥을 비비는 시늉을 할 때도 있는 것이다. 이는 그들이 이미 개인, 또는 가정의 생존을 결정하는 것이 자신의 선택이나 의사와 무관치 않다는 것을 터득하고 있기 때문이다.

이 시는 남탕의 풍경을 통해 이 시대 가장들이 겪는 아픔을 통렬히 그리고 있다. 벌거벗은 가장들의 축 늘어진 남근들이야말로 이 시대를 이어온 각 가문의 역사이며 아픔이 아니겠는가. 살기 위해 어쩔 수 없이 딱딱해져야만 했던…….
그러나 시인은 그들을 결코 애처로운 시선으로 바라보지는 않는다. 그보다는 오히려 자신만의 독특한 유머 방식을 통해 그들을 억누르고 있는 사회로까지 확대하여 비판하고 있는 것이다. 속절없이 흔들리고, 가늘고 무른 속을 지닌 '아비'들이 만들어가는 사회를…….

어찌 보면 3연 9행의 이 시는 매우 평범하다. 주제 또한 새로울 것이 없다. 그럼에도 불구하고 이 시가 우리에게 가까이 다가오는 것은 오로지 타성에 젖지 않은 이 시인의 언어적 수사와 형식, 그리고 뛰어난 상상력이 빚어낸 풍자 때문이라고 할 수 있다. 거기에 하나 더 덧붙인다면 위선적 세계에서 가족을 구출하고자 하는 그의 애정 어린 시선이 될 것이다.

내가 단골로 다니는 목욕탕은 동네 입구에 있다. 간혹 다른 곳에 가는 경우도 있지만 될 수 있으면 나는 그곳을 고집한다. 이유는 따로 없다. 그래도 군이 이유를 들라면, 언제 가도 낯설지 않고, 스스럼없다는 것과 또 붐비지 않고 물이 비교적 깨끗하다는 것이 될 것이다.

기회가 주어진다면 나는 그 목욕탕에 이 시인을 꼭 초청하고 싶다. 그래서 속절없이 흔들리는, 가늘고 무른 그것을 꺼내놓고 둘이 껄껄대며 웃고 싶다. 가족과, 아비와, 사회를 이야기하며…….

아무렇지도 않게

윤제림

칠 년 만에 다시 한방이다.

좁고 낮고 춥고 어두운 방이지만.

나는 저 남녀가 떠나온 곳을 안다.

낯선 땅에

정말 아무렇지도 않게 나란히 누워

지금 막 잠에 떨어진

저 몸뚱이뿐인 남자와 여자의 이름도 안다.

성만 밝혀두자.

'경주 최 씨와 김해 김 씨'

굳이 따지자면 김 씨가 더 멀리 걸어왔다.

더 많은 여관과 술집과

시장과 의자의 거리를

여자 혼자서.

그렇지만 정물靜物은 어디 쉬운가,

"Don't disturb!"

공동묘지에 가면 항시 새 봉분을 발견하게 된다. 언제 누가 왜 묻히게 되었는지, 그 사연은 알 수 없으나 봉분 위를 덮고 있는 떼가 자리를 잡지 못해 맨흙이 그대로 드러나 있는 것을 볼 때면 누가 또 이승을 하직했구나, 하는 마음에 자신도 모르게 공연히 숙연해지곤 한다.

죽은 자들은 말이 없다. 그곳에서는 누구도 생전의 삶을 자랑하거나 후회하는 법이 없다. 생존한 나이와도 상관이 없다. 이따금 꽃을 들고 찾아오는 후손들이 있지만 영혼을 떠나보낸 육신들은 그들의 방문조차 침묵으로 일관한다. 아픔과 그리움, 미련이나 기원 등은 오직 그들만의 몫으로 남는다. 세상에서 부부의 연을 맺고 애면글면 살다가 죽은 뒤 한자리에 누운 봉분도 마찬가지이다.

시와 거리감을 두고 관찰하는 태도를 취하고 있는 시적화자는 먼저 이 점을 중시하고 있다. 칠 년 전에 죽은 남자나 칠년 후에 죽은 여자나 침묵하고 있다는 것을 강조한다. '좁고 낮고 춥고 어두운 방'에 나란히 누운 그들의 사연을 줄줄이 이야기하는 사람은 오직 살아 있는 화자뿐이다. 경주 최 씨와 김해 김 씨. 그러나 정작 화자가 이야기하고자 하는 것은 그것이 아니다. 곡진했던 여자의 삶과 죽음과의 관계가 아무렇지 않다는 것을 이야기하고 있다. 사실 사연 없는 죽음이 어디 있으며, 우리들이 살아온 인생살이가 그렇게 호락호락한 것만은 아니지 않은가. 그러나 시인은 그것을 부차적인 것으로 돌리고 있다.

이 시는 매우 서사적이다. 구체적인 여자의 삶을 통해서 우리들이 돌아갈 귀로를 보여주고 있다. 중요한 것은 누구나 결국은 낯선 땅에 묻힐 것이며, 그곳에서 아무렇지 않게 정물이 되어 잠을 잘 것이라는 점이다. "Don't disturb! (깨우지 마세요)" 이는 곧 그들의 외침이기도 하지만, 다가올 자신의 앞날을 모르는 척 외면하고 있는 우리들을 의미하기도 한다.

빨래

김일태

팔월의 볕을 보면

뭐든 빨아 널어 말리고 싶어지지

산다는 게 부딪치는 게 아니냐고

서로 포개 북북 거품 일도록 문지르고 치대다 보면

쩐 때를 씻어내는 내공도 생겨나지 않을까 싶어지지

어깨도 여럿 함께 걸면 당당해지듯

헹구고 탈탈 털어 활개도 재끼고

오그리고 있던 다리도 쭉쭉 펴서

줄 잡아 널어놓고 보면

절로 펄럭이다가

내가 나로부터 가벼워져서

꼬들보송하게 다시

입신할 수 있지 않을까 싶어지지

우리 같은 소시민들이 흔들리고, 늘어지고, 쥐어 박히고, 파김치가 되어 살아가는 게 어디 팔월뿐이겠는가. 뒤돌아보면 삼백육십오 일 단 하루도 거르지 않고 벌어지는 일이라고 할 수 있을 것이다. 세상은 경쟁사회이며, 말 그대로 전쟁터나 다름없다. 조금만 한눈을 팔면 곧바로 패배의 구렁텅이에 빠지게 되므로 늘 초긴장 속에 살아가야 한다. 이런 현상은 주먹에 쥔 게 없는 사람일수록 더욱 심한 게 사실이다.

저녁 무렵 전철에 올라보면 이런 부류의 소시민들이 흘리는 땀내가 질펀하게 풍긴다. 그 가운데에서도 팔월의 햇볕은 가히 폭력적이어서 더욱 힘들게 한다. 용서 없이 모든 것을 태우고 삶아 버릴 기세이다. 하루 온종일 그 속을 살다가 돌아오는 자들이 내뿜는 곰삭은 젓갈과 같은 땀 냄새……. 그러나 그것이 우리 사회의 동력이며 건강한 증거라는 것을 모르는 사람은 없을 것이다.

시는 상상력의 소산이 틀림없지만 그 바탕을 이루는 것은 체험이다. 이 시의 화자인 시인도 팔월의 더위만큼은 참기 어려웠던 모양이다. 그러나 시인이 일반인과 다른 점은 그와 같은 현상에 머무르지 않고, 그곳에서 전혀 새로운 세계를 찾아낸다는 점이다. 부딪치는 삶과 팔월의 복더위에 지쳤지만, 다시 서로 포개어 거품이 일도록 북북 문지르고 치대면 새 힘이 생기지 않겠느냐고 비약하는 것도 그 이유이다.

사실 빨래는 우리 인류가 고안해낸 재활용 수단이다. 쓰다가 더러워지고, 때가 묻으면 다시 깨끗하게 빨아 사용하는 것. 그런데 이 시를 쓴 시인의 상상력은 거기에 그치지 않는다. 개인에서 다시 여럿으로 자리를 옮긴다. 하나 보다 여럿을 함께 헹구고 탈탈 털면 오그리고 있던 다리도 모두 쭉쭉 펴지지 않겠느냐는 것이다. 그렇게 되면 다시 세상이라는 전쟁터에서 네 활개를 펼 수 있지 않겠느냐는 것, 그러니까 이것이 시인이 추구하는 희망인 셈이다.

가만히 앉아 있어도 땀이 줄줄 흐르는 무더운 날, 이 시는 우리에게 색다른 청량감을 선사한다. 특히 시인이 시에서 유난히 많이 활용한 의성어가 더욱 상쾌하게 느껴진다. 이런 빨래라면 나도 이 시인과 함께 한 번 빨랫줄에 걸려 펄럭이고 싶은 마음이다.

절간 청개구리

조오현

어느 날 아침 게으른 세수를 하고 대야의 물을 버리기 위해 담장가로 갔더니 때마침 풀섶에 앉았던 청개구리 한 마리가 화들짝 놀라 담장 높이만큼이나 폴짝 뛰어오르더니 거기 담쟁이덩쿨에 살푼 앉는가 했더니 어느 사이 미끄러지듯 잎 뒤에 바짝 엎드려 숨을 할딱거리는 것을 보고 그놈 참 신기하다 참 신기하다 감탄을 연거푸 했지만 그놈 청개구리를 제題하여 시조 한 수를 지어볼려고 며칠을 끙끙거렸지만 끝내 짓지 못하였습니다. 그놈 청개구리 한 마리의 삶을 이 세상 그 어떤 언어로도 몇 겁劫을 두고 찬미할지라도 다 찬미할 수 없음을 어렴풋이나마 느꼈습니다.

어찌 그게 청개구리뿐이겠는가. 조물주가 창조한 우주 만상의 모든 것은 그것이 아무리 작고 하찮은 것이라고 하더라도 위대하고 아름답다. 모두 찬미를 받아 마땅한 존재들이다. 욕망의 옷을 입고 있는 인간으로서는 감히 모방할 수 없는 것이 그들이 지닌 모습이며, 본능이며, 질서인 것이다. 이 시는 우리가 그동안 무관심했던 자연의 심오한 이치를 다시금 뒤돌아보게 해준다. 사실 우리는 우주 만상의 높이와 깊이와 넓이와 부피가 너무 광대하여 그동안 스스로 돌아보기를 포기하고 살았는지도 모를 일이다.

이 시를 쓴 시인은 독립시인 만해가 한때 머물렀던 백담사의 주지 스님이다. 그런 만큼 한평생 자연 속에 파묻혀 불도를 닦으며 속세와는 연을 끊고 사는 분이다. 그런데도 시인은 하찮은 청개구리 한 마리를 제목으로 시조 한 수를 짓지 못하였다고 고백하고 있다. 그 이유를 스님은, 이 세상 어떤 언어로 몇 겹을 두고 찬미할지라도 다 찬미할 수 없는 게 그 청개구리라는 걸 비로소 깨달았다고 피력하고 있다. 이 진솔한 고백이야말로 곧 자연을 대하는 그의 겸허한 마음이며, 불심이 아닐까.

산문시의 형식을 띠고 있는 이 시는 사실적인데다가 어조까지 경쾌하여 쉽게 읽힌다. 시적화자가 시인 자신인 이 시는 대략 이렇게 전개된다. 시적화자는 어느 날 아침 우연히 청개구리 한 마리의 움직임을 포착한다. 한 걸음 떨어져서 관찰하던 화자는 그 움직임을 경이로운 눈으로 바라보며 감탄한다. 그리고는 그 청개구리를 제목으로 시조 한 수를 짓겠다고 마음을 먹게 된다. 그러나 후반부에 넘어오면서 시적화자는 결국 시조 짓기를 포기하고 만다. 그것조차도 부질없는 욕심이라고 느낀 탓이다. 비록 작고 보잘것없는 미물에 불과하지만 그 속에는 몇 겹을 두고 찬미해도 모자랄 자연의 이치가 있다는 것을 비로소 통감했기 때문이다.

만해선사를 기념하여 백담사에서는 매년 8월 15일을 기준으로 '만해축제'를 열고 있다. 금년도 예외는 아니다. 이 행사의 중심에 서있는 시인은 금년에도 몹시 바쁜 시간을 보내고 있을 것이다. 아무튼 강건하기를 바라는 마음이다.

그것들

김종길

친손 남매와
외손 남매가 다
미국과 캐나다와 영국에 가 있으니

그것들은 다
멀리 하늘가에 있는 셈이다.

우리 두 늙은이는 아침저녁으로
먼 하늘가를 바라보며
그것들을 그리워한다.

또 한 해가 저물어가니
더욱 그것들이

그리워진다.

부모들의 자식 사랑은 거의 본능적이다. 자식이라면 자신의 생명까지도 아낌없이 내놓는 게 그들의 마음이다. 지적 수준이나 가문, 재산의 있고 없음, 상식 등도 통하지 않는 게 그들의 사랑이다. 그리고 그 사랑은 손자들이 생기면 대물림하여 이번엔 그들에게로 내려가 정점을 이루게 된다. 그때부터는 그 아이들을 보고 싶은 마음에 늘 허기져 있게 마련이다. 보고 또 봐도 싫증나지 않는 것이 손자들이다. 내리사랑이라는 말도 그래서 생긴 모양이다.

하지만 우리가 살아가는 이 시대는 보고 싶은 그 얼굴들이나마 마음대로 볼 수 없는 세상이 되고 말았다. 이는 아파트 문화가 일으킨 핵가족화도 원인이 될 터이고, 글로벌시대 운운 하며 지구를 제 마음대로 넘나들게 된 것도 이유가 될 것이다. 거기다가 배우고자 하는 본인의 학구열과, 어떻게 해서든지 남보다 더 가르치고자 하는 부모들의 경쟁심도 하나의 원인이라고 볼 수 있다. 아무튼, 그런 까닭에 이제는 명절 같은 날에도 보지 못하고 화상통화를 하거나, 본다고 해도 거우 반나절 정도 꿈속에 스쳐가듯 보고 마는 경우가 허다해졌다. 의무적으로 다녀가는 그들을 문밖까지 따라 나가 전송하며, 아쉬워도 내색하지 못하는 게 이 시대 부모들인 셈이다.

이 시에는 손자를 그리워하는 구십이 가까운 노 시인의 마음이 그대로 담겨 있다. 특히 그 손자들이 모두 외국에 유학 중이어서 그 그리움은 더욱 각별하다고 할 수 있다.

시는 매우 간결하고 담백하고 순수하다. 마치 어두운 터널을 막 빠져나왔을 때 쏟아지는 햇살을 보는 것처럼 눈이 부실 정도이다. 이는 노 시인의 순결한 마음이 그대로 담겨 있기 때문일 것이다.

이 시에 등장하는 손자와 손녀들은 어린아이가 아니다. 모두가 성인이라고 짐작된다. 그러나 '그것들은 다/멀리 하늘가에/살고 있는……' 라는, 둘째 연을 보면 노 시인의 눈에는 아직도 그들이 강가에 선 것처럼 걱정스럽고, 보고 싶어도 갈 수 없어 하는 안타까움이 묻어 있다. 이는 무엇보다 '그것들'이라는 반어적 의미와 '하늘가'가 갖는 중의적 의미로 짐작해 볼 수 있다. 그러므로 '두 노인'들이 그리워하는 그 '그리움'이란 단순한 그리움이 아니라 사람으로 태어났기 때문에 가질 수밖에 없는 어떤 본능과도 같은 '그리움'이라고 할 수 있다. 더구나 한 해가 저문다는 것은 그만큼 노부부가 살아갈 연한이 점점 짧아져간다는 것으로, 더욱 간절할 수밖에 없는 일 아니겠는가.

사랑은 그리움으로부터 시작된다. 그리고 그 사랑은 아름답고 순수하다. 더구나 핏줄 간의 사랑이란 두 말해 무엇 하겠는가. 아마도 이와 같은 사랑이 우리들의 마음 가운데 존재하기 때문에 인류가 지금까지 멸망하지 않고 이어져 내려오는 것인지도 모를 일이다.

반성 704

김영승

밍키가 아프다

네 마리 새끼가 하도 젖을 파먹어서 그런지

눈엔 눈물이 흐르고

까만 코가 푸석푸석 하얗게 말라붙어 있다

닭집에 가서 닭 내장을 얻어다

끓여도 주어보고

생선가게 아줌마한테 생선 대가리를 얻어다

끓여 줘 봐도

며칠째 잘 안 먹는다

부엌바닥을 기어다니며

여기저기 똥을 싸놓은 강아지들을 보면

낑낑낑 밍키를 보며 칭얼대는

네 마리 귀여운 강아지를 보면

나는 꼭 밍키의 남편 같다

우리 집 강아지 이름은 '이르'이다. 한창 겁 없이 뛰어 다니는 세 살배기 수놈으로, 버르장머리가 없다. 제가 왕이라고 착각하고 있는 듯 위아래도 가릴 줄을 모른다. 그래도 우리는 그 놈을 늘 한 식구처럼 여기고 있다. 어디를 가도 강아지부터 챙기게 되고, 잠시라도 눈에 안 보이면 걱정이 앞선다. 혹시라도 아픈 기색이 보이면 그 비싼 치료비도 마다않고 동물병원으로 냅다 뛰어가기 예사다. 그만큼 '이르'는 우리 집에 없어서는 아니 될 사랑받는 존재이다. 그러다 보니까 너무 먹여서 뚱뚱해진 게 탈이지만……

시인이 사랑하는 개는 네 마리의 새끼를 낳은 어미인 모양이다. 그런데 '밍키'라는 이름을 가진 이 개가 지금 아픈 듯, 시인이 몹시 끌탕을 하고 있다. 시인은 그 원인을 새끼들에게 돌린다. 새끼들이 너무 암팡지게 젖을 파먹어서 옛날의 그 헌걸찬 모습을 잃었다고 생각한다. 시인의 이 연민의 정은 그러나 바라보는 것만으로 그치지 않는다. '밍키'의 기운을 북돋우기 위해 손수 닭집과 생선가게를 찾아가 닭 내장과 생선대가리를 얻어다가 끓여 먹인다. 이 시는 이처럼 시종일관 개를 향한 시적화자의 일방적 사랑이 주류를 이루고 있다.

이 시인은 등단 이후 지금까지 대체적으로 자조와 위악, 오만과 일탈, 궤변과 외설스러운 시를 많이 써온 것으로 알려져 있다. 그런 의미에서 보자면 기르는 개를 연민의 눈으로 바라보며 쓴 이 시는 시인의 시 세계에서 다소 동떨어진 느낌이다. 그러나 꼭 그렇지만도 않다는 것은 이 시인이 평소 관심을 가지고 있는 대상이 다름 아닌 소외계층, 극빈층과 같은 밑바닥 인생들이라는 점을 보면 알 수 있다.

그렇다면 시인은 왜 이 시의 제목을 '반성'이라고 붙였을까. 무엇을 반성한다는 것일까. 그것은 이 시를 쓸 당시 시인의 처지를 감안하면 쉽게 이해가 된다. 시인은 그때 미혼의 백수로, 어머니 밑에 얹혀살고 있었다. 그때 그가 어머니를 파먹은 것이 어찌 하루에 세 끼뿐이었겠는가. 젊은 피가 끓어 넘치는 청년으로, 자신의 불투명한 미래를 탄하며 담배도 몇 갑씩 피웠을 것이고, 술도 몇 병씩 마시지 않았겠는가. 그러니까 이 시는 바로 네 마리의 새끼 개와 자신의 처지, 그리고 아프면서도 자신의 젖을 내어주는 어미 개와 어머니의 처지를 동선에 놓고 쓴 시인의 '반성문'이라고 할 수 있다.

중년

손진은

열쇠를 돌리는데, 시동이 걸리지 않는다

문득 등을 끄지 않은 채 차에서 내린 간밤의 기억이

몰려온다 낭패, 눈꺼풀도 내리지 않고

정신없이 꿈속을 헤매는 사이 핏기를 잃어버린 내 눈알

어떤 것에 뒤집혀 긴 밤, 긴 생을

후들거리는 다리와 텅 비어가는 머리도 모른 채

내 헤드라이트는 발광했을 것이다

무언가에 홀려 뚫어지게 바라보는 동안

계절은 가고 주름살은 깊어졌고 흰 머리는

늘어났다 어디로 갔는가 철철 넘치던 팔뚝의 푸른 힘줄은

전류처럼 터져 나오던 생기, 머릿속을 흐르던 생각은

어느 허공으로 날아가 버리고

꺼칠하고 초췌한 몸뚱이로 내 앞에 쪼그리고 앉았는가

어저께까지도 명품이라 믿었는데
눈 한 번 들었다 내려놓는 사이
어떤 것에 취해 이렇게 떠밀려온
두드려도 가없는 무슨 소리만 내보내고 있는

중년을 일으키려 저기, 정비기사가 달려온다
또 하나의 몸이 부끄러운 듯 마중하러 간다

늙는다는 것은 슬프고 쓸쓸한 일이다. 그러나 원치 않아도 가는 세월만큼은 어쩔 수 없어 모두 늙게 마련이다. 탱탱하던 피부가 탄력을 잃고, 주름살이 깊게 패이고, 머리카락이 하얗게 변하고, 시력도 예전 같지 않으며, 매사에 의욕이 떨어지기 시작하면 늙었다는 증거이다. 간혹 나이는 숫자에 불과하다는 사람도 있기는 하지만, 그것은 착각일 뿐이다. 젊음을 영원히 소유할 수 있는 사람은 아무도 없다. 결국 사람은 누구나 나이에 정비례하여 늙게 마련이고, 또 늙으면 저 세상으로 가야 한다는 게 자연의 이치인 것이다.

이 시를 쓴 시인 역시 오래된 자동차로 비유되는 자신의 육신을 회한의 눈으로 바라보고 있다. 슬픈 일이지만, '무언가에 홀려' 달려온 자신의 젊은 날이 어느새 세월에 묻혀버렸고, 이제 남은 것은 '꺼칠하고 초췌한 몸뚱이'뿐이라고 고백하고 있다. 그러나 중년의 슬픔은 몸뚱이뿐만이 아니다. 자신의 의사와는 상관없이 사회와 가정, 일터에서도 자꾸만 밀려난다는 것을 실감할 때 그 슬픔은 더욱 가중될 수밖에 없다. 그런 의미에서 보자면 우리는 어쩌면 시인의 비유처럼 고물이 다 된 자동차 같이 소모품에 불과한 것인지도 모를 일이다. 그래서 더욱 '두드려도 가없는 소리만 내보내고 있는' 중년의 뒤안길이란 쓸쓸할 수밖에 없다. 그런데 그것이 우리들의 참 모습일진대 어쩔 것인가.

그러나 시인은 끝까지 희망의 끈을 놓지 않는다. 아마도 그것이 이 시인이 지닌 미덕일 터이지만, 결말에 이르면서 시인은 정비사를 맞이한다. 이는 결국 자동차를 빙자하여 고장난 육신을 고치기 위한 제재일 수도 있고, 또 한편으로는 아직도 꿈을 완전히 버리지 않았다는 것을 드러내기 위한 장치일 수도 있다. 아니 어쩌면 두 가지 다 예시하는 것일 수도 있다. 아무튼 이는 매우 고무적인 일이 아닐 수 없다. 중년이라고 해서 호흡까지 아주 멈춘 것은 아니지 않는가.

하지만 진정 더 슬픈 존재는 그 뒤를 잇대어 기다리고 있는 노년이라고 할 수 있다. 오늘도 우리는 그와 같은 부류의 사람들이 후들거리는 걸음으로 거리를 배회하고 있는 것을 많이 목격하게 된다. 자연의 순리는 막을 방도가 없다. 그래

도 한 가지 조그만 바람이 있다면 비록 육신은 어쩔 수 없다
손 치더라도 그들이 꿈을 포기하지 않았으면 하는 마음이다.
이 시의 결말처럼…….

키스

김종미

뜨거운 찌개에 같이 숟가락을 들이대는 우리는 공범자다

말하자면 공범자란 생각조차 해 본 적이 없다

숟가락에 묻은 너의 침도

반쯤 빨아먹은 밥풀도 의심해 본 적이 없다

국물 맛에만 집중할 동안

오직 뜨거운 찌개가 있을 뿐이다

짜거나 싱거울 때도

우리는 숟가락을 잘 저어

이견 없이 간을 맞추었다

어느 날 너의 숟가락이 보이기 시작할 때

식은 찌개에서 비린내가 훅 풍겼다

키 스는 사랑하는 사람들이 나누는 가장 흔한 표현 방
식이다. 그러나 사람들의 눈길이 미치지 않는 곳에
서 은밀히 행하던 옛날과는 달리 요즘은 백주 대낮에 길거리
에서도 종종 그와 같은 행위를 목격하게 된다. 그렇다고 이
를 탓하고자 하는 것은 아니다. 사랑을 하게 되면 누구나 그
렇듯 자신도 모르게 용감해지고, 뜨거워지고, 맹목적이 되는
것 아니겠는가.

시인은 이 시에서 제목을 '키스'라고 이름 하였으나 정작
사랑이라는 단어는 단 한 마디도 꺼내놓지 않는다. 단지 우
리가 늘 식탁에서 대하는 찌개 이야기를 할 뿐이다. 이는 시
인의 능청스러움이기도 하지만, 한 편으로는 오래된 우리의
식생활 습성을 통해 결코 영원할 수 없는 사랑을 표현하고자
하는 것이라고 볼 수도 있다. 그것은 마지막 두 행에 이르면
더욱 잘 나타나 있다. 어느 날부터인가 상대의 숟가락이 보
이기 시작하였을 때, '식은 찌개에서 비린내가 훅 풍겼다'는

것은 결국 사랑의 실상이 눈에 들어오기 시작했다는 것으로, 이는 그동안 환상적이던 사랑이 현실로 인식되기 시작했다는 것을 의미하는 게 아니겠는가. 그쯤 되면, 국물 맛에만 집중하던 혀도, 이견 없이 간을 맞추던 둘의 화합도 아주 영영 깨어질 수 있는 위기를 맞았다는 것을 추정하게 된다.

영원한 것은 이 세상에 아무 것도 없다. 키스로 대변되는 우리의 사랑 역시 마찬가지로, 항상 뜨겁고 달콤한 것만은 아니다. 그것 또한 한시적이다. 시간이 경과하면 자연히 상대의 단점 또한 드러나게 마련이다. 그쯤 되면 '숟가락에 묻은 침'은 물론, '반쯤 빨아먹은 밥풀'까지도 사랑스럽던 두 사람 사이가 벌어지는 건 당연한 일이다. 그렇지만 이와 같은 결과가 나왔다고 해서 누구에게 그 책임을 물을 수 없는 게 또한 사랑이다. 왜냐하면 강제성이 배제되어 있는 이 시대의 사랑이란 오직 공범인 두 사람만이 책임을 져야 하는 절대적 행위이기 때문이다. 그러나 절망할 필요는 없다. 진짜배기 사랑이란 사실 그와 같은 위기를 잘 견디고 넘긴 그때부터 시작되는 것이니까…….

이 시를 읽으면서, 문득 지금 내가 하고 있는 사랑이란 과연 어떤 것일까, 뒤돌아보았다. 일방적으로 보내는 그 사랑이 혹시 상대에게는 악취로 느껴지는 게 아닐까, 되물어본다.

돌

오탁번

연못가에 돌 하나를 갖다 놓았다
다 썩은 짚가리같이 어둡기도 하고
퇴적되어 생긴 오묘한 결과 틈이
꼭 하느님이 자시다 만 시루떡 같은
충주댐 수몰지역에서 나왔다는 돌,
어느 농가 두엄더미에 무심히 서 있다가
몇 십 년 만에 수석쟁이의 눈에 띄어
수석가게 뜰에서 설한풍 견디던 돌,
이끼와 바위솔이 재재재재 자라고
나무뿌리도 켜켜이 엉켜 있다
화산과 지진이 지구를 뒤덮고 난 후
태고의 적막을 가르며 달려온 돌,
비 오면 비에 젖고 눈 오면 눈을 맞는

저 아무렇지도 않은 껌껌한 돌을

고즈넉이 바라보는 일은 쏠쏠하기만 한데

물을 주면 금세 파랗게 살아나는 이끼!

검버섯 많은 내 몸에도

무심결에 파란 이끼나 돋아나면 좋겠다

돌은 시대가 바뀌어도 변하지 않는다. 유행이나 경쟁에도 반응하지 않고, 눈이 오나 비가 오나 사시사철 늘 태고의 모양을 그대로 견지한 채 제 자리에 가부좌를 틀고 있다. 거무스름한 색깔도, 결과 틈이 많아 꺼칠한 겉면도, 단단한 속내도 늘 그대로이다. 자신을 의지하여 이끼가 자라도 마음을 쓰지 않는 돌……. 뭇사람들이 자신을 향해 찧고 까불어도 돌은 동요하지 않는다. 사람들이 좋아하는 이유란 것도 이와 같은 돌의 특성 탓일 것이다.

내 서재 앞에도 돌 두 개가 누워 있다. 돌은 자주 눈길을 주지 않아도 불평하지 않고 언제나 한 자리에 누워서 나를 빤히 쳐다보고 있다. 구멍이 숭숭 뚫린 돌은 겨우 어른 주먹만 한 크기이다. 거기다가 다른 돌처럼 무게가 나가는 것도 아니어서 가볍기 그지없다. 또 모양도 수석수집가들이 선호하는 것과는 달라서 그냥 길거리에서 흔히 목격할 수 있는 막돌처럼 생겼다. 그러나 나에게는 소중한 것들이다. 나는 그것을 볼 적마다 자연에 들어선 것 같은 고즈넉함을 느끼고, 또 어떨 때는 내가 마치 자연의 한 점이 된 것 같은 착각에 빠져들기도 한다. 그건 일전에 백두산에 갔다가 기념으로 두어 개 들고 온 것이다.

　시인도 돌을 꽤나 아끼는 모양이다. 수중에 들어오게 된 경위는 알 수 없지만, 바라보는 것만으로도 쏠쏠하다는 것을 보면 그의 사랑이 어느 정도인지 짐작이 간다.

　바라본다는 것은 사물에 대한 몰입이나 관조를 의미하며, 이는 곧 시의 원천인 상상을 부추기는 원동력이 된다. 이때의 관조란 정중동으로, 태고와 현재를 자유롭게 넘나들게 된다. 이와 같은 시각적 사유가 궁극적으로는 이 시인의 시심이라고 볼 수 있을 것이다. 그리고 자연친화적인 이것은 결국 이 시인이 오래 동안 추구해온 생명주의와도 그 맥을 같이 한다고 보아야 한다. 그렇다. 시의 영원한 공간이란 결국 자연이 아니겠는가.

　거기다가 결말에 이르면 시인은 어느새 돌로 환치되어 물을 주면 파랗게 살아나는 이끼처럼 자신의 몸에도 파란 이끼가 돋아나기를 바라는 것을 보게 된다. 이는 이 시가 오늘날과 같은 문명시대에 인간회복의 당위성과 필연성을 주장하고 있다고 봐야 옳을 것이다. 이처럼 돌 하나로 출발한 시인의 사랑은 곧 자연과 우주까지 확대시켜가고 있다.

노시인은 마치 돌 같다. 그러나 그가 우리 곁에 굳건히 자리 잡고 있다는 것만으로도 우리의 마음은 늘 가을 들녘처럼 넉넉해진다. 앞으로도 오래오래 시인이 샘에서 퍼올리는 아름다운 노래를 듣고 싶은 마음이다.

자동문 앞에서

유하

이제 어디를 가나 아리바바의 참깨

주문 없이도 저절로 열리는

자동문 세상이다

언제나 문 앞에 서기만 하면

어디선가 전자 감응 장치의 음흉한 혀끝이

날름날름 우리의 몸을 핥는다 순간

스르르 문이 열리고 스르르 우리들은 들어간다

스르르 열리고 스르르 들어가고

스르르 열리고 스르르 나오고

그때마다 우리의 손은 조금씩 퇴화되어 간다

하늘을 멀뚱멀뚱 쳐다만 봐야 하는

날개 없는 키위새

머지않아 우리들은 두 손을 잃고 말 것이다

정작, 두 손으로 힘겹게 열어야 하는

그,

어떤,

문 앞에서는,

키위키위 울고만 있을 것이다

이따금 나는 내가 병들어 있다는 것을 느낄 때가 있다. 사지가 멀쩡하고, 하루 세 끼 꼬박꼬박 잘 챙겨 먹고 있지만, 나도 모르게 능히 할 수 있는 일까지 자동시스템의 기계에 의존하는 것을 보면, 이미 중증에 걸렸어도 단단히 걸려 있다는 생각이다. 이는 전화번호 하나만 봐도 알 수 있는 일이다. 예전 같으면 오십여 개는 거뜬히 머릿속에 입력하고 다녔는데 이제는 조그마한 휴대폰에 의지하고 있다. 어쩌다 그것을 집에 놓고 오는 날이면 꼼짝없이 어둠 속을 헤매는 기분이다. 그럴 때마다 어느새 익숙해진 그것으로 인해 자꾸만 작아지는 자신을 절감하지 않을 수 없다.

돌아보면 이것이 어찌 자동문뿐이겠는가.

이 시는 편이를 위해 만들어놓은 기계문명이라는 덫에 스스로 갇혀가는 우리의 미래를 경고하고 있다. 이처럼 편이는 때로 마약과 같아서 거기에 중독되면 본질을 잃어버리기 십상이다. 스르르, 열리고 닫히는 그 편리함으로 인해 신체적

기능이 퇴화되어가는 인간들……. 사실, 이렇게 이야기 하면 머리를 설레설레 흔드는 사람이 있을지 모르지만, 우리가 사는 세상은 이미 사람이 아니라 기계가 중심이 되었다고 해도 과언이 아니다.

사람이 하는 일을 앞으로는 로봇이 모두 감당할 것이라는 미래학자들의 전망이고 보면 이는 더욱 분명해진다.

시인은 나약해져가는 우리를 날개 없는 키위새에 비유하고 있다. 조류임에도 날개가 없어 날지 못하고 '하늘을 멀뚱멀뚱 쳐다만 보아야 하는' 키위새가 될 것이라고 경고한다. 감정을 배제한 그 어조가 매우 객관적이어서 더욱 두렵게 느껴진다.

키위새의 진실이란 사진이 한동안 인터넷에 떠돌아다닌 적이 있었다. 우리가 먹는 과일인 키위가 키위새를 개량시켜 만든 육가공식품이라는 것이었다. 이는 뉴질랜드에서부터 흘러나온 이야기인데, 누가 퍼트린 낭설인지는 모르지만, 그 의미만큼은 그냥 버릴 수 있는 것이 아닌 것 같다. 그렇다면 시인이 강조하는, 우리가 끝내 열지 못하고 키위키위 울어야 하는 '그 어떤 문'이란 도대체 무엇일까, 궁금해진다.

이 시는 이처럼 기계문명에 함몰되어 점점 나약해져가는 우리의 모습을 미래형으로 암울하게 그려놓았다. 하지만 이 것이 어찌 미래겠는가. 벌써 우리는 그와 같은 세계에 빠져 있지 않은가.

청산이 소리쳐 부르거든

양성우

청산이 소리쳐 부르거든

나 이미 떠났다고 대답하라

기나긴 죽음의 세월

꿈도 없이 누웠다가

이 새벽안개 속에

떠났다고 대답하라

청산이 소리쳐 부르거든

나 이미 떠났다고 대답하라

흙먼지 재를 쓰고

머리 풀고 땅을 치며

나 이미 큰 강 건너

떠났다고 대답하라

이 시는 언제 읽어도 장쾌하다. 억압받는 현실을 기피하지 아니하고 정면으로 부딪치고자 하는, 당당하고 강인한 남성적 의지가 그대로 드러나 자못 엄숙하기까지 하다. 특히 '떠났다고 대답하라'는 명령형의 반복 어구는 절대 절명의 역사적 사명을 완수하겠다는 시적화자의 능동적 행동으로 믿음직스럽기 그지없다. 이는 '청산'이 부르기 전에 먼저 떨치고 일어나 떠났다는 것으로도 능히 짐작할 수 있는 일이다.

이 시를 이해하기 위해서는 먼저 이 시를 쓴 시인이 살아온 역사를 한 번 살펴 볼 필요가 있을 것 같다. 지금은 어느새 흰 머리가 성성한 칠십 노인이 되었지만, 이 시를 쓰던 당시 시인은 새파란 청년이었다. 무서움을 모르던 조선의 남아였다. 그때 시인이 살던 세상은 자유와 민주주의가 말살 당한 채 숨죽이며 살아야 했던 세월이었다. 총과 군화 아래 속수무책이던 시절이었다. 그러나 시인은 다른 사람들처럼 숨죽이고 살지 않았다. 시적화자처럼 조금도 무서워하지 않고 나

섰다. 오늘날 시인이 이 땅의 저항시인으로 자리매김을 하게 된 것도 그때부터였다. 나는 마포 '조양다방' 이 층에서 만났던 시인의 그때 모습을 지금도 잊지 못한다. 말 그대로 시인은 투사였으며, 전사였고, 헌걸찬 동학군이었다.

이 시는 처음부터 마지막까지 명령형으로 일관하고 있다. 청자가 누구인지는 확실치 않지만, 아마도 이는 군사독재정권에 의해 사유를 빼앗긴 채 신음하는 다수의 민중이라는 게 대부분의 생각들이다. 그렇다면 화자인 '나'는 단수이지만 또 복수의 의미도 된다. 이는 '청산'이 가지고 있는 상징이 조국이나 또는 자유와 민주주의이고 보면 더욱 확실해진다. 그렇다면 왜 그 '청산'이 그렇듯 소리쳐 불렀을까. 이는 그만큼 시대가 척박하고 다급했으며 어두웠다는 것을 의미한다고 봐야 할 것이다.

이 시의 화자인 '내가' 떠난 것은 누구의 지시에 의한 것이 아니다. 그 옛날 동학군처럼 스스로 불투명한 '새벽안개'속으로 자신의 몸을 던진 것이다. 어쩌면 목숨을 잃을지도 모르는 미래지만 '나'는 다시 건너오지 못할 그 '큰 강'을 마침내 건너간 것이다. 이 땅에 진정한 혁명을 꿈꾸면서……

그렇게 보면 이 시인은 그때까지 지니고 있던 시적 사상과 정신을 모두 버리고 비로소 민중 편에 서서 민중을 위한 시를 써야겠다고 결심한 것인지도 모를 일이다. 결국은 올곧은 그 시로 인해 옥고를 치를 수밖에는 없었지만…….

유사 이래 지금처럼 자유와 민주주의가 충만한 시대는 없다고, 정부와 언론은 앞을 다투어 호도하고 있다. 또 그들이 말하는 것처럼 그 옛날과는 달라진 점이 많아진 게 사실이다. 그렇다면, 정말 모두 그렇게 달라졌다고 봐야 할까. 그런데도 왜 요즘은 이런 시가 도통 우리 눈에 보이지 않는 것일까.

이번에 함평에 가게 되면 지금까지 시간을 묵묵히 견디어온 그의 시비 곁에서 그 문제를 다시 한 번 뒤돌아보아야겠다.

참선

신미균

산낙지를 싱크대 위에 얹어놓고
연속극을 보고 있는데

어느새
부엌 타일을 기어올라
환풍기 날개에 한쪽 다리를 걸치고
움직이지 않고 있다

이 길이 진정 살 길이었을까
싱크대 위 까만 비닐봉지 속에
얌전하게 있는 것이 더 낫지 않았을까

골똘히 참선을 하고 있는

낙지를 위해

연포탕은 내일 저녁에나

끓여 먹어야겠다.

어젯밤 늦게 문자 하나를 받았다. 며칠 전에 만나서 저녁까지 함께 먹었던 동창이 죽었다는 부고였다. 그 문자를 받고 나는 그날 밤 잠을 이룰 수가 없었다. 사람의 생명이 그렇듯 예측할 수 없는 것은 진작부터 알고 있었지만, 너무 황당했기 때문이었다.

그러나 이런 일은 사실 우리 주변에서 비일비재하게 벌어지는 일로, 어느 때나 어디에서나 수도 없이 목격되는 일 가운데 하나일 것이다. 이처럼 삶과 죽음의 경계선은 모호하다.

그렇게 보면 환풍기까지 기를 쓰고 올라간 게 어찌 낙지뿐이겠는가. 그곳에 앉아 이제는 살았다고 안도의 숨을 내쉬는 것 가운데 사람은 포함되지 않을까. '참선'이라는 재목을 통해서 이 시가 우리에게 조용한 울림을 주는 이유는 바로 이런 점 때문이다.

이 시는 우리 일상에서 겪을 수 있을 법한 황당한 사건을 모티브로 삼아 순서대로 별 무리 없이 그려내고 있다. 시장에서 사온 산낙지를 싱크대에 둔 채 시적화자가 연속극을 보느라고 잠시 한눈을 팔고 있는 사이 어느새 그곳을 빠져나온 낙지가 환풍기 날개에 다리를 걸치고 앉아 있는 것을 목격하게 되었다는 이 시는 독별난 시어를 사용하지도 않았으며, 구조 또한 물 흐르듯 자연스럽게 짜여 있다. 그래서 얼핏 보면 단순한 일상의 풍경을 그대로 나열한 듯한 느낌을 줄 수도 있다. 그러나 시 후반부에 숨어 있는, 낙지가 곧 사람일 수도 있다는, 참 의미를 깨닫게 되면 이야기는 달라진다. 3연의 '이 길이 진정 살 길이었을까/……/얌전하게 있는 것이 더 낫지 않았을까'에 이르면 시인이 전하고자 하는 의도는 더욱 확실해진다. 더구나 '연포탕을 내일 저녁에나 끓여먹어야겠다'며, 낙지에게 생명을 하루 더 연장시켜주는 결말에 이르면 이는 마치 신이 우리에게 부여하는 자비처럼 느껴지기도 한다.

목소리가 크다고 해서 반드시 울림이 큰 것은 아니다. 담담한 목소리, 에둘러가는 것 같은 목소리 속에 담겨 있는 함축에서도 우리는 때로 큰 울림을 받는다. 힘차게 쏟아지는 폭포소리도 좋지만, 때로는 이처럼 잔잔히 흐르는 여울물 소리도 좋지 않은가.

기일

이채민

휘어진 등뼈에서

곰팡이처럼 피어난

일생, 가눌 수 없었던 당신의 그 고독한 그리움이

오늘은 임진강을 건너

생생한 뭉쿨함으로

우리 곁에 앉아

눈부시게 웃고 계시네요.

금년으로 분단 70년이다. 그러나 통일은 아직도 요원한 것 같다. 저마다 통일에 대한 방법들은 많이 쏟아내고 있으나, 저마다 주장만 있을 뿐, 여전히 남북은 갈라진 채 서로 총을 겨누고 있는 것이 작금의 현실이다. 여차하면 한바탕 전쟁이라도 일으킬 것 같은 일촉즉발의 위기감이 늘 한반도를 감싸고 있다. 이런 살벌한 형국이 언제까지 계속될 것인지에 대해서는 그 누구도 함부로 예단할 수 없는 상황이다.

문학은 사람과 더불어 존재한다. 따라서 우리의 분단문학역시 이 틈을 비집고 자라왔다고 해도 과언이 아니다. 그러므로 그 제재 또한 그동안은 이를 직접 체험한 분단 1세대들의 애환이 주축을 이루어 온 게 사실이다. 그러나 이제는 아니다. 시간이 흐름에 따라 대부분의 1세대들은 저 세상으로 떠났고, 이제 그 주축을 이루는 것은 그 후손들이다. 이 시의 화자처럼, 그들이 바라보는 1세대들의 추억담이거나 후일담, 또는 그들 자신이 대부분을 차지하고 있다. 이를 일컬어 우리는 후기 분단문학이라고 분류하여 부르기도 한다.

이 시의 시적화자는 기일을 맞아 아버지를 추억하고 있다. 낯설고 물 선 땅에 내려와 등뼈가 휘도록 일을 하면서도 고향에 대한 그리움으로 점철된 아버지의 삶을 이 시는 절제된 언어로 그리고 있다. 한 가지 특이한 점은 시적화자가 저 세상으로 떠난 아버지의 영혼이 그동안은 고향에 가 있다가 이 날을 맞아 생전처럼 다시 내려온다고 믿는다는 것이다. '임진강을 건너/……/우리 곁에 앉아/눈부시게 웃고' 있다는 것은 이 시인이 삶과 죽음의 세계를 초월하는 것뿐만 아니라 더불어 가족의 중요성까지 강조하고 있다는 것을 의미한다.

내 아버지 역시 1.4후퇴 때 내려온 1세대 실향민이었다. 아버지는, 이 시의 아버지처럼 평생 고향을 그리워하다가 돌아가셨다. 아버지가 남긴 유언은, 통일이 되면 자신을 고향 땅에 묻어달라는 것이었다. 그래서 우리 자식들은 죽어서도 맘껏 고향땅을 바라보라는 뜻에서 시신을 북향으로 모셨다. 그게 벌써 삼십 년 가까이 된다. 그런 까닭에 이 시가 오늘 나에게 더욱 다가오는 것인지도 모를 일이다.

이번 주말에는 장호원 진달래공원묘지에 한 번 다녀와야 할 것 같다. 내 아버지가 누워 있는 그곳에 가서 이 시를 다시 한 번 음미해 보아야겠다.

슬픈 이야기

박경희

　뒤집어봐야 뒷박인 줄 알고 좆 끝으로 밤송이 발라봐야 지 좆 끝만 아프지 누구 좆도 안 아프다고 여길 가 봐도 저길 가 봐도 찬밥 덩어리인 줄 모르고 이리 기웃 저리 기웃 잔소리는 오만가지 지 잘난 줄만 알고 남 잘난 줄은 모르는 기둥에 고무줄로 매단 빗 마냥 이리 튕기고 저리 튕기고 그래도 제자리로 잘도 돌아온다고 10년 객지 생활에 철드는가 싶더니 이건 그놈이 그놈이고 그년이 그년이라고 자식새끼 욕하는 게 당신 얼굴에 침 뱉기라 남한테 말도 못하고 저승길 간 아버지

무 자식이 상팔자라는 말이 있다. 그만큼 자식이란 애
물단지라는 이야기가 되겠다. 그러나 우리 부모들
은 그런 자식인데도 불구하고 그 허물까지 보듬고 사랑하며
살아왔다. 오죽하면 고슴도치도 제 새끼는 사랑한다고 하지
않는가.

이 시는 자신만의 독특한 화법으로 아버지의 그와 같은 사
랑을 유머러스한 서사구조로 직조했다. 그래서 그럴까. 제목
과는 달리 그렇게 슬프게 다가오지는 않는다.

그런데 정작 우리를 슬프게 하는 것은 '남한테 말도 못하
고 저승길 간 아버지' 라는 결말이다. 그러니까 이 시는 자식
에 대해 평생 끌탕을 하면서도 가슴에 묻고 살아온 아버지의
사랑을 그리워하는 자식의 회한에 찬 고백이었던 것이다. 이
는 사후에 비로소 어머니의 유언을 그대로 따랐던 청개구리
가 비가 오는 날이면 산소가 떠내려 갈까봐 밤새껏 울음을 그
치지 못한다는 슬픈 이야기를 다시 보는 것 같아 가슴을 때린
다.

시 쓰기는 기술과 서술, 진술의 행위로만 되는 게 아니다. 그러나 오세영 시인이 말한 대로, 산문시가 일반적으로 언어의 내적 특성인 은유와 상징, 그리고 이미저리 등을 갖추고 있으면서 다만 언어 진술의 외적 특징인 불규칙한 리듬과 산문적 형태로 되어 있는 것이라면, 260여자를 한 문장으로 연결한 이 시는 그와 같은 산문시의 특성을 잘 살린 작품이라고 할 수 있을 것이다. 핍진한 묘사나 압축과 응결 등은 미약하지만, 비어와 속어가 적당히 뒤범벅되어 오히려 사람다운 냄새를 물씬 풍기는, 시인 특유의 익살스런 개성을 보이고 있다.

옛날 내 아버지도 이 시 속의 아버지와 다르지 않았다. 말썽꾸러기 4형제를 기르기 위해 무진 애를 쓰셨다. 매를 들고 야단도 쳤고, 엄포도 놓았고, 달래도 보았지만, 하루가 멀다 않고 천방지축 말썽을 부리는 통에 집안은 늘 편안한 날이 없었다. 그런 까닭에 야단도 꽤나 많이 맞았다. 그러나 지금 생각하면 그때가 그립다. 회초리를 들던 아버지가 그립다. 이 시의 제목처럼, 아마도 지나간 것은 슬프지 않은 것이 없는 모양이다.

달맞이꽃

민영

내 이름을 묻지 마셔요
내 이름은 꽃이랍니다.
무슨 꽃이냐고 묻지 마셔요
이름도 없는 노방초랍니다.

내 고향을 묻지 마셔요
내 고향은 저기랍니다.
저기 어디냐고 묻지 마셔요
저기 저 산너머가 내 고향이죠.

해질 무렵 이 거리에 불이 켜지면
꽃들은 살그머니 피어납니다.
낮에는 잠자다가 밤에만 피는

달맞이꽃이라면 아시겠나요?

손님 손님 양복 입은 멋쟁이 손님
손님 손님 술 취한 지게꾼 손님.
내 이름 내 고향을 묻지 마셔요
눈에 붙인 속눈썹에 이슬 맺혀요!

이 시의 화자는 거리의 여자다. 그러니까 이 시는 몸을 파는 거리의 여자가 호객행위를 하는 슬픈 모습을 서사구조로 하고 있다.

지금은 좀체 찾아보기 힘들지만, 내가 어렸을 때 이런 풍경은 동네 곳곳에서 어렵잖게 목격할 수 있었다. 저물녘이 되면 한산하던 거리가 갑자기 이런 부류의 여자들의 웃음소리와 지분냄새로 자못 활기를 띠었다. 당시 후암동과 남영동은 특히 미군부대가 지척에 있었던 까닭에 이와 같은 여자들이 많이 운집해 있었다. 물론 상대하는 대상은 달랐지만……

그와 같은 곳은 비단 내 동네뿐만이 아니었다. 영등포 역 주변과 종로 3가, 양동과 청량리 등에서도 그런 여자들의 모습을 찾아보기란 어렵지 않았다.

남아메리카 칠레가 원산지인 달맞이꽃은 바늘꽃과에 속하는 두해살이풀로, 그 키가 약 일 미터에 이른다. 달맞이꽃이라는 이름은 노란 빛깔의 꽃이 저녁에 피었다가 아침에 시드는 특성을 지니고 있어, 달을 맞이한다는 의미에서 그렇게 부르게 되었다고 한다. 특히 그 씨는 성인병에 약효가 뛰어나다고 해서 많은 사람으로부터 사랑을 받고 있는 실정이다. 아마도 시인이 그 여자들을 그렇게 부르게 된 것도 그런 연유 때문이라고 봐야 할 것이다.

1연에 4행씩 4연으로 구성되어 있는 이 시는 전체가 화자의 넋두리로 이루어져 있다. 1연은 이름이 없음을, 2연은 갈 수 없는 고향을, 3연은 자신의 처지를, 4연은 호객행위를 하는 자신의 슬픔을, 독백체로 풀어놓고 있다. 그런데 이 시를 읽으면서 화자가 내뱉는 넋두리가 비단 그녀들만의 것일까, 하는 생각이 들었다. 이는 어찌 보면 그 시대를 뿌리 없이 살아가던 익명의 민중들 모두의 넋두리도 될 것이다.

이 시를 쓴 시인은 팔순을 넘겼지만, 늘 소년 같은 모습이다. 언제 뵈도 성장하지 않는 아이처럼 해맑게 웃으신다. 그렇게 보면 시는 동심에서 나온다는 말이 옳은 것 같다. 작년까지만 해도 선생의 건강한 모습을 간혹 뵙곤 하였는데, 금년엔 도통 뵐 수가 없다. 소문에 의하면 교통사고 후유증으로 고생한다고 하는데, 빨리 쾌차하여 우리들에게 다시 그 해맑은 어린이 같은 웃음을 보여주었으면 하는 마음이다.

사라진 나뭇가지

장영호

나뭇가지를 잘라냈다

새들이 떠났다
선지자처럼 울부짖던 매미가 떠나고
귀뚜라미가 울다가 떠났다

흔들림이 떠나고
소리가 떠나고
외로워졌다
그리워졌다

하나님께서
그 때, 왜

나무를 자르지 않았는지 알았다

삭막한 고요가 밀려오는 밤
혼자 계신 어머니로부터
전화가 왔다
"이눔아, 밥은 먹는겨"

귀 · 뚫
귀 · 뚜 · 을
귀뚜라미가
잘라진 나뭇가지, 벽 속에서 울었다

이 시는 첫 연부터 시적화자가 '나뭇가지를 잘라냈다'
는 것으로 시작된다. 이는 스스로 귀를 막았다는 것
으로, 세상 소리와의 단절을 의미한다. 그러나 3연을 보면 그
단절이란 화해와 소통을 전제로 하고 있다는 것을 곧 알게 된
다. '흔들림이 떠나고/소리가 떠나고/외로워졌다/그리워졌
다'는 것은 이를 의미하며, 이는 또 4연의 '하나님께서/그 때,
왜/나무를 자르지 않았는지 알았다'는 것으로도 충분히 귀결
된다. 하긴, 사회적 동물로 태어난 사람의 속성이 세상 소리
를 모두 끊고 어떻게 존재할 수 있겠는가.

그렇다면 시인이 단절하고 싶어 하는 것은 무엇이었으며,
왜 그랬는지 궁금하지 않을 수 없는데, 그에 대한 해답은 아
무래도 시인과 함께 귀를 열고 살아가는 우리들 주변에서 찾
아봐야 할 것 같다.

사실, 우리는 매일 소리 속에 파묻혀 살아가고 있다고 해
도 과언이 아니다. 그 가운데에는 듣고 싶은 소리보다 듣기

싫은 소리가 더 많은 것 또한 사실이다. 그런 점은 시인도 마찬가지였을 것이다. 사람다운 냄새가 전혀 풍기지 않는 매몰찬 소리, 들어봤자 하등 소용이 없는 소리, 뿌리조차 알 수 없는 떠들썩한 소문, 더구나 자신들의 주장만을 내세우고 다른 사람의 처지나 입장은 전혀 고려하지 않는 소위 잘나가는 사람들의 소리가 들릴 적마다 귀를 막고 싶었을 것이다.

그런데 그 소리가 정치권으로 넘어오면 더욱 가관이 아닐 수 없다. 똥 묻은 개가 겨 묻은 개를 나무란다는 말도 있지만, 구린내 풀풀 풍기는 그들이 오히려 큰 소리쳐가며 다른 사람들을 정죄하고 있는 것을 보면 귀를 막고 싶은 것은 비단 시인뿐만이 아닐 것이다. 그렇게 보면 이 시는 개인적 사유에서 출발하였지만, 사회성을 그 후경으로 깔고 있다고 봐야 할 것이다.

압축과 절제된 언어로 서사가 구축된 이 시는 그러나 거기에서 그치지 않는다. 후반부에 등장하는 어머니와의 전화 한 통화는 '삭막한' 가운데에서도 사람 냄새를 맡을 수 있게 한다. 혼자 병상에 누워 계시는 어머니의 '이눔아, 밥은 먹은겨'를 통해 우리는 왜 시인이 소통과 화해를 전제로 하고 있었는지 비로소 알게 된다. 귀뚜라미가 무엇을 상징하는 것인지도 짐작하게 된다.

모성을 통해 사랑과 소통의 본질을 회복하는 과정을 전하고자 하는 게 이 시인의 작의였다면 이 시는 그런 의미에서는 그 효능을 다 했다고 볼 수 있다.

캄보디아에서 온 여자

이승호

저 여자 어디 가시나?

시집온 지 반 년 만에
검은 물소 같은 사내
자전거 뒤에 몸을 싣고서

아직 수줍음 가시지 않은 여자
툴레삽 호수 근처
진흙탕 붉은 연꽃 같은 저 여자
남편 등에 꼭 붙어서
명아주 쇠뜨기 갈대꽃길 속으로

어디 가시나

어디 가시나

구불텅구불텅 시골길을 달려
금촌장 구경 가시나?

지금이야 어디를 가든지 주변에서 외국인 여자들을 흔히 볼 수 있지만, 내 어린 시절엔 그렇게 쉽지 않았다. 가물에 콩 나듯 간혹 길거리에서 마주치기라도 하면 무슨 구경거리가 난 것처럼 신기해했다.

그러나 이제는 아니다. 바야흐로 다문화 시대가 열린 것이다. 이는 무엇보다 이 땅에 살고 있는 외국인의 숫자가 백만 명을 넘었다는 것만으로도 능히 짐작할 수 있는 일이다.

내가 출석하는 교회에도 외국에서 시집온 여자가 두 명 있다. 한 명의 국적은 미얀마이며, 또 한 명은 캄보디아인데, 한국에서 생활한 지 벌써 몇 년째인 그녀들은 이미 이 땅에 익숙해 있는 편이었다. 처음엔 따뜻한 나라에서 온 까닭에 혹독한 겨울을 어떻게 견딜까 걱정했으나, 생각보다 잘 이겨내고 있는 모습을 보면서 사람들은 어쨌든 환경에 적응하기 마련이라는 느낌이 들었다.

이 시는 화자가 관찰자 시점으로 일관하고 있다. 처음부터 끝까지 남편이 몰고 가는 자전거 뒤에 탄 여자를 바라보고 있다. 화자가 혼잣말처럼 반복적으로 '어디 가시나' 하고 내뱉는 의문형은 결국 잘 살아야 할 터인데, 하는 따뜻한 시선과 함께 조마조마한 마음을 나타내고 있다. '틀레삽 호수 근처/진흙탕 붉은 연꽃' 같은 피부의 여자가 시집 온 지 겨우 반년밖에 되지 않는다면 이런 마음을 갖게 되는 것은 당연해 보인다. 특히 이 시의 주제재가 자전거라는 것이 이를 더욱 잘 증명해주고 있다.

자전거는 대개 두 바퀴로 되어 있다. 그래서 수평을 잡고 발로 힘껏 저어갈 땐 안정감이 있지만, 까딱 잘못하면 옆으로 쓰러지기도 잘 하는 게 또한 자전거이다. 더구나 곧고 평탄한 길이라면 몰라도, 이 시의 마지막 연에 나오는 것처럼 '구불텅구불텅' 한 길이라면 더 잘 쓰러지게 마련이다. 화자가 불안한 시선으로 바라보며, '어디 가시나'를 반복하는 이유가 바로 여기에 있는 것이다.

그래도 시인의 시선은 긍정적이다. 아직 이국땅의 생활에 익숙하지 못한 여자이지만, '검은 물소 같은' 남편 등에 꼭 붙어서 '금촌장' 구경 간다는 결말을 보면 미래가 쉽게 예측된다.

시가 내용물만 제시되어 있고, 그 의미에 대한 촉구가 없다면 결국 팥고물이 빠진 찐빵처럼 맛을 잃고 말 것이다. 그렇게 볼 때, 이 시는 비록 소품 같지만, 구체적인 서사로 인하여 이 시대를 살아가는 우리들에게 던져주는 의미가 작지 않다고 할 수 있다.

쫑

최금녀

내게 있는 쫑 말이야

내 속내가 빙어의 실핏줄처럼

말갛게 들여다보이는

시작과 끝

내가 24k라는 것도 확실히 보이는,

보석처럼 아껴

패스포드 깊은 곳에 모시고

잘 있는지

가끔씩 전모를 들여다보기도 하는,

깜빡하고 내 곁에 없는 날은

왜 그렇게 세상이 불안할까

누가 나를 겨누는 건 아닐까

브랜드 없는 가짜라 하지 않을까

그래서 그런 날은 술도 삼가고

누구와 다투지도 않아

불법거래는 큰일이거든

얽힌 속을 풀며 한 잔 하고

세상을 화끈하게 밟는 날

음주측정에 걸리고도 목소리 높인 적 있었지

자, 여기 내가 있소 나를 책임질,

어느 날 홀연히,

나와 함께 사라질 나의 거푸집

그 쯤 말이야.

이 세상을 살아가기 위해서 우리는 그림자처럼 늘 붙이고 다녀야 하는 것들이 몇 개 있다. 그 가운데 하나가 이 시의 제목과 같은 '쫑', 즉 증명서이다. 이것이야말로 '내'가 있으나 '나'를 '나'보다 더 '나'처럼 보이게 하는 증표인 셈이다. 그런 까닭에 우리는 싫으나 좋으나, 주민등록증과 면허증, 학생증, 하물며 아파트출입증 같은 것까지, 적지 않은 그것들을 항상 지참하고 다녀야 한다. 어쩌다가 그것을 잠시 집에 두고 나오는 날이면 자신도 모르게 불안에 떨며 노심초사해야 하는 게 우리들의 실상인 것이다. 그런데 불행히도 그런 삶을 우리는 태어난 그 순간부터 '어느 날 홀연히/나와 함께 사라질' 그날까지 잘 간수해야 하는 숙명을 타고났다는 것이다.

이 시를 읽다보면, 나는 그동안 '나'로 분명히 존재해왔지만 껍질에 불과했고, '나'보다 '나'다운 것이 따로 존재해 왔다는 것을 절감하게 된다. 하긴, 내가 '나'라고 주장하며 행세

할 수 있는 세상은 이미 사라져버린 지 오래되지 않았는가. '나'의 모든 것은 이미 카드화되었고, 정보화되어, 이름보다는 고유번호가 우선시되는 디지털 세상으로 변한 것이다. 그러므로 어찌 보면 이제는 사람보다 증명서가 더 큰 존재가 되어버렸다.

그런데 문제는 사람들의 인식 또한 이와 정비례하여 그와 같은 것을 놓고 시시콜콜 토를 다는 사람이 없다는 것이다. 그보다는 오히려 점점 더 거대한 모습으로 부풀려가는 그런 현상을 수수방관하고 있는 실정이다. 그것이 이 시대를 살아가는 우리들의 참 모습인 것이다.

이 시는 이와 같은 우리의 모순된 삶을 구어체로 빚어내고 있다. 그러나 어둡다거나 무거운 어조는 아니다. 그보다는 오히려 '보석처럼 아껴/패스포드 깊은 곳에 모시고/잘 있는 지/가끔씩 전모를' 들여다본다는 투의 경쾌하고 가벼운, 역설적 형태를 띠고 있다.

진실이 난해하지 않다면, 이 시는 지금 우리가 잠시 잊고 있던 그와 같은 진실을 깨우쳐 주고 있다고 봐야 한다. 그렇다면 나도 내일은 외출하기 전 반드시 '쫑'을 한 번 더 점검해 보아야겠다.

달팽이의 생각

김원각

다 같이 출발했는데 우리 둘밖에 안 보여

뒤에 가던 달팽이가 그 말을 받아 말했다

걱정 마

그것들 모두

지구 안에 있을 거야

시가 오래 숙성되고 발효된 것을 통해 깊이 있는 맛을 드러내는 것이라면 이 시는 분명 그에 해당된다고 할 수 있다. 빠른 것만이 미덕이라고 생각하는 이 시대의 관습을 역행하는 이 시는 그러나 느림의 미학을 통해 앞만 보고 달려가는 현대인들에게 시니컬한 웃음과 함께 한 번쯤 뒤돌아볼 여유를 던져주고 있다. 시인이 구태여 달팽이를 시적화자로 삼은 의도도 거기에 근거하고 있다고 봐야 할 것이다.

우화 형식을 빌린 이 시는 아웃사이더들이 결코 패배자가 아니라고 일깨워주는 것으로, 그들을 위한 시편이라고도 할 수 있다. 사실, 복닥거리는 이 세상에서 빨리 달려가 권력과 재물을 거머쥐었다고 해서 그들을 반드시 승리자라고 부를 수 있을까. 우주적 차원에서 보면 모두 거기가 거기이며, 고만고만한 미물에 불과할 뿐이다. 뿌리 없이 떠돌다가 주어진 시간이 다하면 누구를 막론하고 반드시 저 세상으로 가야 하는 나그네 같은 신세인 것이다.

전체가 48자밖에 되지 않는 짧은 시이지만, 나는 하등동물에 불과한 달팽이들이 나누는 대화 몇 마디를 통해 지금까지 살아온 내 모습을 한 번 돌아볼 수 있는, 소중한 시간을 가졌다. 과연 나는 어떻게 살아왔나. 그 결과 새삼스럽지만 인간의 삶을 자양분으로 생성하여 우주를 보듬는 힘을 가진 것이 시라는 것을 새삼 확인할 수 있었다.

아는 사람들은 이미 인지하고 있는 것처럼, 이 노시인의 시적 포에지는 불교적 원리에서 발원한다. 지금까지도 그랬지만, 앞으로도 그럴 것이 분명하다. 그런 의미에서 보면 짧은 선문답 같은 이 시 역시 거기에서 크게 벗어나지는 않는다. 그러나 그 속에 담겨져 있는 작지 않은 철학적 성찰은 딱히 어느 특정 종교의 원리로 국한시킬 수만은 없는 일일 것이다. 디아스포라의 삶을 살고 있으면서도 만족할 줄 모르는 탐심을 가지고 끝없이 오르고 또 오르고자 하는 군상들……. 영원히 이 땅에 살 것처럼 오늘도 쉬지 않고 달려가는 뿌리 없는 부초들……. 그러니까 이 시는 이를 빗대어 우주적 상상력으로 느림과 자족의 아름다움을 노래하고 있는 것이다. 끓일수록 그 맛이 더욱 진해지는 사골 국 같이…….

야한 밤

김옥전

홍등가에 어둠이 내리면

나는 밤을 사러 그에게 간다

흘림체로 써 내려간 메뉴가 현수막에 붙어 펄럭이고

공중에 달 몇 개, 동동거리며 차례를 기다리는 도시

천사표 머리띠를 두른 야한 언니들이

호객하느라 한창이다

'까서 드릴까요 벗겨드릴까요'

오늘 밤은 특히 더

주문대로 드릴 준비가 되어있다는

포주 같은 그의 손이 더듬는 밤마다

탁탁 튀어 오른다

순진한 아이들은 아무거나 달라는데

나는 그것들 사이의 미묘한 차이에 대해

알아보고 싶어진다

맛있게 드시라는 그의 외침과

수고하라는 아이들의 인사가 교환되고

까야 할 지

벗겨야 할 지

고민되는 두 밤은 맛을 숨긴 채

짙은 냄새를 흘리고 있다

이 시는 '밤'이라는 독립된 두 개의 제재를 양 축으로
하여 입체적 서사 구조를 형성하고 있다. 하나는 길
거리에서 흔히 목격할 수 있는 군밤장수들이 파는 먹는 '밤'
이며, 또 하나는 호객행위에 열중인 거리의 여자들을 배경으
로 하는 시간적 의미의 '밤'이다. 그러나 이 두 개의 축은 '깐
다'와 '벗긴다'는 유사한 언어에 의해 다시 하나의 '야하다'는
형용사어로 결합되어 한 줄기를 이룬다.

그렇다면 이 시에서 '야하다'는 것은 무엇을 의미할까? 이
에 대한 사전적 풀이는 대략 세 개가 있는데, 그 가운데에서
는 '품격이 없고 천하고 상스럽다'가 적합하다고 할 수 있을
것이다. 또, 시적화자가 내적으로 갈등하는 '까다'와 '벗다'의
피동형인 '벗기다' 역시 '껍질을 벗기다'와 '껍질이나 가죽을
본체에서 떨쳐내다'로 풀이되어 있는 것을 보면 같은 맥락이
라고 보아야 할 일이다. 더구나 시간적 배경이 밤인데도 불
구하고 무겁고 칙칙한 어둠보다는 달이 뜬 것 같은 환한 분위
기가 야하게 흘러가고 있는 것 또한 이 시가 갖고 있는 특징

이다.

    그렇다면, 시적화자가 알고 싶어 하는 '까다'와 '벗기다'의 '미묘한 차이'는 과연 무엇일까?

    이 시는 시적화자의 성별과 나이, 어둠이 내리면 왜 '밤'을 사러 가는지, 그 이유는 생략되어 있다. 따라서 우리는 그 부분에 대해서만큼은 결말 부분을 통해서 유추할 수밖에 없다. 그렇다면 '고민되는 두 밤은 맛을 숨긴 채/짙은 냄새를 흘리고 있다'는 것은 결국 시적화자의 내면과 유기적 관계를 맺고 있다고 볼 수 있다. 하나는 타동사, 즉 화자가 직접 동작을 하겠다는 것을 의미하며, 또 하나는 수동적 의미를 뜻하는 것이 된다. '주문대로 드릴 준비'가 되어 있는데도, 두 갈래의 길에서 갈등하고 있는 화자의 내면은 바로 여기에서부터 비롯되었다고 봐야 할 것이다.

    사실 이런 일은 우리가 살아가면서 한두 번 겪는 게 아니다. 그럴 경우 때로는 그와 같은 유혹을 이기기도 하지만, 또 때로는 그 달콤한 유혹에 넘어가 '밤'의 맛을 보다가 낭패를 당하는 일도 비일비재하다. 하긴, 그게 또 우리들의 인생 아닌가.

하늘 웃음 . 113

신광철

DMZ 평화마을에 가면
사람의 가슴에
하늘이 시퍼렇게 박혀
하늘 닮은 사람들만 살지요

통일이 그리워서
산채로 하늘이 된
사람들만 살지요

얼마 전에 판문점을 다녀온 적이 있다. 그곳에서의 첫 인상은 분명 우리 땅인데도 마치 남의 땅처럼 낯설다는 것이었다. 사방이 온통 군인들 천지였으며, 관광객들도 외국인들이 대부분을 차지하고 있었다. 곳곳에 엎드려 있는 벙커와 진지, 철조망, 부대 막사 등도 모두 을씨년스러웠다. 어디를 봐도 얼룩무늬와 같은 일촉즉발의 긴장이 감돌고 있었다. 그런데도 대성마을이라는 곳에 민간인들이 발붙이고 산다는 게 이상할 정도였다. 안내하는 군인의 말에 의하면, 전쟁 때문에 타의에 의해 사방으로 흩어졌던 그 지역 주민들을 정부가 인위적으로 다시 끌어 모아 온갖 특혜를 부여해주면서 정책적으로 그곳에 정착시켰다는 것이다.

거기에서 내가 또 하나 알게 된 것은 그와 같은 마을이 비단 남쪽만 존재하지 않는다는 것이었다. 북쪽에도 똑같은 케이스로 조성된 마을이 있다는 사실이었다. 그리고 그것을 나는 직접 내 눈으로 확인할 수 있었는데, 그 마을은 대형태극기가 펄럭이는 대성마을에서 그리 멀지 않은 곳에 자리 잡고 있었다. 그곳 역시 똑같이 대형인공기가 바람에 기세좋게 펄럭이고 있었다.

내 아버지는 1·4후퇴 때 월남한 실향민이었다. 그런 까닭에 어렵사리 이곳에 정착하였으면서도 아버지의 마음은 늘 고향에 가 있었다. 평양, 보통강, 대타령……. 아버지가 그랬으므로 우리 가족 또한 그럴 수밖에 없었다. 학교에서나 동네에서 또래 아이들이 '삼팔따라지'라고 놀리는 통에 콧잔등에 피 마를 날 없이 싸움박질을 하던 것도 그 시절이었다.

그러나 아버지는 결국 통일을 보지 못한 채 이 세상을 떠났다. 그리고 그때 천둥벌거숭이였던 그 코흘리개도 이제는 칠십 고개를 넘었다. 그래도 아직까지 통일은 말뿐, 분단의 견고한 벽은 허물어질 기미를 보이고 있지 않고 있다. 남북은 여전히 서로 총부리를 겨눈 채 대치하고 있는 것이다.

이 시는 그런 사람들의 아픔과 소원을 하늘을 빗대어 은유적으로 읊은, 2연 8행으로 된 비교적 짧은 시편이다. 화자는 1연에서 그 마을엔 하늘빛 같은 푸른 멍이 든 사람들이 산다는 것을 나타냈고, 2연에서는 그런 사람들이 왜 그렇게 되었는지를 알리고 있다. 그런데 왜 '산 채로 하늘이 된' 사람들만

산다는, 화자의 외침이 자꾸만 내 가슴을 때리는 것일까.

하지만 이 시의 백미는 제목에 있다고 할 것이다. 그렇다면 시인은 왜 울어도 시원치 않을 이와 같은 슬픈 현실을 '하늘 웃음'이라고 명명했을까. 이를 풀어보면 대략 이와 같은 추정이 가능하다. 분단 70년이 넘도록 하나가 되지 못하고 있는 이 땅의 사람들이 하도 한심스러워 하늘도 그만 웃고 있다는 것을 해학적으로 풀어놓은 것이 아니겠는가.

1월 판화

이인평

말죽거리, 생선 좌판의 정 씨.

겨울 오후.

칼 번득이는 인심

단번에 토막토막 잘리는 햇살 담아주는 정 씨

생태 국물 맛 나는 세상이라도 왔으면

비늘 가지런한 시절이라도 한번 와 봤으면

말발굽 소리에 기쁜 소식 하나 누가 전해 주었으면 하는

바람 아직 차다

말죽거리, 양재 사거리에서 한빛은행 쪽으로

쏟아지는 겨울 빛이

생선비늘을 비출 때, 가슴 환해진 정 씨

세월 토막토막 자른다

생선구이처럼 탄 얼굴로 건네주는

거스름 잔돈 같은 날들이 빛에 젖는다

빚진 세상 끄트머리 툭탁 잘린

지느러미 쌓인 통 속으로

에누리 떨어져 나간 세상 주둥이들도 보여

정 씨, 툭 한번 차고는

매운탕 얼큰한 웃음 한 봉지씩 담아내는

말죽거리, 생선 좌판의

겨울 해가 짧다

몇 십 년 전 내가 경험했던 말죽거리는 비가 오면 장화를 신지 않고 다닐 수 없을 만큼 진흙탕이 되곤 하던 곳이었다. 불도저로 사정없이 밀어버려 허허벌판이 된 곳에는 나무 한 그루가 없었다. 다만, 개발 소문을 듣고 발 빠르게 들어온 부동산중개업소들만이 몇 군데 문을 열고 있을 따름이었다.

그러나 요즘은 그곳에서 그와 같은 옛날 흔적을 찾아보기란 어렵다. 소문난 부자동네답게 잘 정리된 도로 옆으로 웅장한 빌딩들이 촘촘히 들어서서 저마다 키를 자랑하며 하늘을 찌르고 있다. 어느 새 강남에서도 중심지로 자리 잡은 그곳을 보고 있노라면 정말 산천이 벽해가 된다는 옛말이 실감나지 않을 수 없다. 지금 거주하고 있는 사람들 가운데에는 그곳이 옛날 그런 곳이었다는 것을 기억하는 사람들이 많지 않을 것이다.

이 시는 시종일관 관찰자 시점으로 개발이 막 진행되던 무렵, 그곳에 좌판을 벌이고 있는 정 씨를 중심으로 겨울 풍경을 담아내고 있다. 겨울의 한 가운데 서서 씩씩하게 생선을 토막 치는 정 씨의 모습이 건강하게 느껴진다. '생태 국물' 같은 시원한 세월과 '생선비늘처럼' 가지런한 세월이 오지 않아도 이미 초연한 것 같은 그는 크게 실망하지 않는 모습이다.

1월의 추위는 정말 매몰차다. 바람 또한 차고 매섭다. 그러나 '햇빛'을 통해 그와 같은 것들을 스스로 잘라내는 정 씨의 능동적인 행위가 정말 판화처럼 서정성 짙게 잘 묘사되어 있다. 물론 그것은 희망을 결코 포기하지 않는 그의 숨겨진 내면세계를 보여주는 것이라고도 할 수 있다.

시는 많은 경우 나의 이야기이고, 우리 가족의 이야기이고, 이웃의 이야기이다. 그렇게 보면, 이 이야기는 비단 정 씨만의 이야기가 될 수 없다. 이는 이 시대를 팍팍하게 살아가고 있는 모든 민초들의 이야기이기도 한 것이다. 그래서 그럴까. 누가 '말발굽 소리에 기쁜 소식 하나' 가져올까, 기다리던 정 씨가 지금쯤 소원을 이루었는지, 아직까지 떠밀리지 아니하고 고층빌딩이 즐비한 그 부자동네에서 발붙이고 사는지, 오늘은 왠지 자꾸만 궁금해진다.

늙은 시계수리공

정희

남대문시장 시계골목
작은 시계수리점 남일사

한 평 남짓한 골방에 개구리눈으로 툭 불거져 나온
돋보기 시계수리공 김 씨

똑딱거리는 시계 소리에 육순을 훌쩍 넘기고
고장난 시계를 오늘도 만진다

낡은 시계들이 꼬리표를 달고
먼지 속에 쌓여 있다

시계줄이 그를 꼭 붙잡고 있다

직업의 세계는 우리의 삶과 행복에 필수적인 요건이 된다. 우리들은 대부분 자신의 일에서 희망과 긍지를 갖기 원한다. 그러나 오직 먹고 살기 위한 방편으로 원하지 않는 직업세계에 뛰어들었다가 평생 그곳에서 벗어나지 못하는 경우도 우리는 종종 목격하게 된다. 이는 자신의 적성이나, 희망, 취향과는 전혀 무관한 것으로 자신의 직업에 보람과 긍지를 느끼지 못하는 것은 물론, 행복지수와도 반비례가 될 수밖에 없다. 그렇다면 이 시에 등장하는 시계수리공 김 씨는 어떤 경우일까.

이 시의 구조는 원근법으로 짜여 있다. 김 씨의 시계수리점인 '남일사'가 남대문시장 골목에 위치해 있다는 외적인 것을 시작으로, 2연에서는 한 평 남짓밖에 되지 않는다는 내부를 보여주고 있으며, 김 씨는 3연에 들어와서야 비로소 등장한다. '똑딱거리는 시계소리에 육순을' 넘겼다는 그가 그날도 변함없이 고장 난 시계를 만진다는 것이다. 그 다음 연은,

아직 주인이 찾아가지 않은 낡은 시계들이 꼬리표를 달고 쌓여 있는 것을 가리킨다. 결국 이 시는 결말에 이르러서야 독자들에게 왜 김 씨가 이 일을 평생 동안 해올 수밖에 없었는지에 대해 대답해준다. 의인법으로 표현된 '시계 줄이 그를 꼭 붙잡고 있다'는 것은 그의 일상이 고장 난 시계에 평생 포로가 되어 왔다는 것을 의미하며, 골방에 들어앉아 그렇듯 개구리눈으로 살아가지만 앞으로도 거기에서 벗어나기란 힘들 것 같다는 것을 암시한다. 슬픈 일이기는 하지만, 독자들은 그러므로 그게 그의 일생이라고 유추하게 된다.

이 시의 강점은 이처럼 한 인물의 일생을 수식하지 않고 구체적으로 그려내면서, 그 보통의 인물이 살아가는 일상이 결코 우리와도 크게 틀리지 않다는 것을 보여준다는 점이다. 가독성이 있는 것도 그 슬픔이 간과할 수 없는 우리의 슬픔으로 다가오기 때문일 것이다.

이제부터는 남대문 시장을 갈 때 맵짠 갈치조림 골목만 찾을 게 아니라, 헌 시계 몇 개 내어놓고 있는 시계수리점 골목도 꼭 눈여겨볼 생각이다.

벚꽃

나해철

벚나무는
4월마다
절망을 한다
끝내 몸을 던져 허공에 환한 길을 뚫는다

온 힘을 다하지 않고서야
목숨을 걸지 않고서야

천지를 환하게 할 수 있으랴
천공에 새 길을 놓을 수 있으랴

누군가가 벚꽃이 아름답다고 할 때마다
벚나무가 흘리는 피 냄새가 더 짙다

꽃은 아프다. 아프고, 슬프다. 꽃이 아프고 슬픈 것은 사람들이 자신의 화려함 뒤에 숨겨진 고통을 알려고 하지 않기 때문이다. 사실, 한 송이 꽃을 피우기 위한 열망으로 나무들은 그 추운 겨울을 벌거벗은 채 견디어온 것이 아니겠는가. 그런데 그게 어찌 벚꽃 하나뿐이겠는가. 개나리와 매화, 생강나무, 진달래는 물론, 산과 들에 뿌리내리고 있는 이름 없는 풀꽃들도 모두 마찬가지일 것이다. 오직 이날을 위해 그들은 폭설과 칼바람 속을 살아온 것이다. 그러나 세상은 그들의 아픔과 인내의 고통 따위는 뒷전인 채 오로지 눈에 보이는 화려한, 결과물만을 즐겨하기 일쑤이다.

그렇다면 이 땅의 시인들은 또 어떨까. 마찬가지로, 사람들은 시는 읽으면서도 정작 그 한 편을 세상에 내놓기 위해 밤마다 전심을 다해 피울음을 울어야 하는 시인의 아픔이나 슬픔은 알려고 하지 않는다. '온 힘을 다하지 않고서야/목숨을 걸지 않고서야' 창조할 수 없다는 것에 대해서는 관심도 기울이지 않는다. 오직 천지가 환하고, 하늘에 꽃길이 열렸

187

다는 현상만을 눈으로 확인하며 기뻐하는 것이다.

벚꽃나무와 교감을 나누던 시적화자는 어느 새 벚꽃나무
가 되기를 주저하지 않는다. 그리고는 '누군가가 벚꽃이 아
름답다고 할 때마다' 스스로 '벚나무가 흘리는 피 냄새'를 맡
는다. '끝내 몸을 던져 허공에 환한 길을 뚫는 '시인의 아픔이
꽃에 비유되어 읽는 이들에게 새로운 깨달음으로 밀려드는
까닭도 여기에 있다.

지상에 존재하는 모든 시에는 눈물자국이 있다. 시인의 눈
물도 있고, 세상의 눈물도 있고, 우주만물의 눈물도 있다. 꽃
의 눈물도 있다. 나는 이 시를 읽으면서 이 시인이 남몰래 흘
리는 눈물을 보았다. 이 시에는 분명 아직 마르지 않은 그의
눈물자국이 흥건히 고여 있다. 아니, 가만히 귀를 기울이면
이 시대를 절망하는 그의 울음소리까지도 들리는 것 같다.
아마 4월이어서 더욱 그런지는 모르지만······.

내일은 오랜만에 그를 만나보기 위해 만사 제쳐두고 집을
나서야겠다.

시름시름

이은봉

시름시름 몸이 아파도, 가물가물 눕고 싶어도 누워서는 안 된
다 일어서야 한다 일어서 걸어야 한다

자꾸만 가라앉는 몸아 자꾸만 처지는 오늘아
힘껏 잡아당겨야 한다 거듭 채근해야 한다

억지로 자빠트려도, 강제로 무너트려도
자빠져서는 안 된다 무너져서는 안 된다

지친 몸아 입 모아 부르며, 아픈 오늘아 소리쳐 부르며 일어서
야 한다 일으켜 세워야 한다 움직여야 한다

민주화운동을 할 때 이야기이다. 최루탄이 난무하는 시청 앞과 신촌거리에서 우리가 용감하게 온몸으로 싸울 수 있었던 것은 민중들의 불같은 호응 때문이었다. 비록 적극적으로는 참여하지 못한 채 침묵하고 있었지만, 우리는 그것을 똑똑히 읽을 수 있었다.

그러나 요즘 벌어지고 있는 시위는 그때처럼 호응을 받지 못하고 있는 것 또한 사실이다. 무슨 이유 때문인지는 몰라도, 그런 까닭에 성과도 제대로 올리지 못하고 지레 시들해지는 경우가 많은 실정이다. 안타깝지만 이것이 작금의 현실인 것이다. 이를 놓고 전문가들은 대중운동을 위한 전술전략의 부재라고 하지만, 정말 그럴까? 그렇다면 기득권층이 저지르는 온갖 부패와 부정, 부조리 등은 과연 앞으로 누가 어떻게 막을 것인가? 저들의 횡포는 날이 갈수록 더욱 광폭해지고, 그 규모 또한 산처럼 커 가는데…….

다시 이야기하지만, 한 편의 시 속에는 그 시인이 온몸으로 걸어온 삶이 고스란히 묻어 있게 마련이다. 따라서 우리가 시 속에서 발견해야 하는 본질은 그 안에 자리 잡고 있는 시인의 현실의식을 읽어내는 일이다.

어찌 보면 이 시의 시적화자를 처음엔 환자로 착각하게 된다. '몸이 아파도, 눕고 싶어도' 일어서야 한다는 의식세계가 오히려 안쓰럽게까지 느껴진다. 그러나 다음 연에서 그것이 착각이라는 것을 깨닫게 되는 순간, 우리는 다시 긴장하지 않을 수 없다. 이 시가 지닌 힘은 바로 여기에서부터 시작된다. 시적화자가 '시름시름' 앓고 있을 시간이 없다고 하는 것은 결국 아직도 우리의 투쟁이 끝나지 않았다는 것을 의미하는 것으로, 이는 3연에 넘어오면 더욱 극명하게 나타난다. 억지로 자빠트리려는, 강제로 무너트리려는, 저들의 세력과 싸워 이기기 위해서는 아무리 몸이 아파도 결코 자빠지고, 무너져서는 아니 된다는 결연한 의지를 보이고 있는 것이다. 다시 말하면 이것이 운동권에서 한 평생 살아온 이 시인의 올곧은 뚝심이며, 시적 자양분이 되는 정직한 삶인 것이다.

요즘은 모두가 입을 모아 시민운동이 힘들다고 한다. 이런 추세는 비단 어제오늘의 일이 아니다. 그러나 우리 곁에 이런 시인이 아직까지 버티고 있는 이상 그 희망을 언젠가는 반드시 쟁취할 수 있을 것이라고 확신한다.

양파

최춘희

너의 실체는 여기에 없다

껍질 벗겨낼수록

점점 사라지는 물증을 봐라

속내 겹겹이 숨겨두고

눈물만 쏟게 한 매운 삶을 반성 한다

붉은 시간의 그물에 갇혀

공회전한 날들

알 수 없는

생의 허우대들

양파 껍질을 벗기던 날의 기억이 있다. 나이테처럼 겹겹이 싸인 껍질을 벗겨내면서 맵싸한 양파 향에 나도 모르게 눈물을 줄줄 흘리던 기억이 난다. 붉은 껍질을 벗기면 하얗고 뽀얀 속살이 나오는데, 그게 끝이 아니었다. 그것을 벗기면 그 안에 숨어 있던 또 하나의 속살, 또 하나의 속살이 다시 모습을 드러내곤 하였다. 열 길 사람 속처럼……

이 세상 모든 사물과 생명체는 시의 발원이 된다. 그래서 우리는 시를 열려 있는 총체라고 부른다. 이는 이 시처럼, '양파' 하나를 놓고도 우리의 실체를 환치시키는 것이 시의 본질인 까닭이다. 즉, 시인이 말하고자 하는 '너의 실체는 여기 없다'의 양파가 바로 우리들의 실상인 것이다. 그것은 '생의 허우대들'이라는 결말에 이르면 더욱 확실해진다. 벗기고 또 벗겨도 도통 알 수 없는 것이 사람의 가슴 속에 똬리를 틀고 있는 속내라는 것이다. 하긴, 내가 나도 모르는데, 어떻게 남의 속내를 알 수 있겠는가?

지난 삶을 돌아보면 나는 꽤나 굴곡진 삶을 살았다는 느낌이다. 본디 사람을 좋아했던 나는 또 그만큼 많은 사람으로부터 배신을 당하기도 했다. 철석같이 믿었던 사람한테 어느 날 갑자기 당하는 배신이란 아픔과 슬픔의 상처를 뛰어넘어 생살이 찢기는 것 같은 고통을 안겨주었다. 그렇다고 누구에게 하소연할 수도 없는 일이었다. 그래봤자 위로커녕 오히려 나를 '허릅숭이'라고 비아냥거릴 것이 틀림없었으며, 또 그러기에는 내 알량한 자존심이 허락하지 않았던 까닭이다. 하지만 그것도 면역이 생기는 모양이었다. 여러 번 거듭되다보니까, 차츰 고통의 순도도 약화되고 데면데면해져 그게 인생 아닌가, 자위하는 마음까지 생기곤 하였다. 그럴 땐 또 그렇게 변한 나를 발견하고 스스로 놀라곤 했다.

양파 껍질을 벗기던 날, 나는 줄줄 흘러내리는 눈물을 닦지 않았다. 누가 봐도 구실이 분명한 눈물이었다. 그러나 그것은 정말 구실에 불과했으며, 실상은 내가 오랫동안 진실이라고 믿고 살아온 것이 모두 허상이라는 것을 깨닫고 흘리는, 회한의 눈물이라는 것을 아는 사람은 아무도 없었다.

아마 이 시를 쓴 시인도 그날 나처럼, 저만치 떨어져 있는 그림자 같은 자신을 돌아보며 눈물께나 흘렸을 것이라고 생각한다.

개싸움

전기철

　개 한 마리가 신문지를 물고 갑니다 다른 개 한 마리가 그 신문지를 뺏으려고 신문지 끝을 이빨로 물었습니다 또 다른 개 한 마리가 신문지를 이빨로 물어뜯습니다 신문지는 가히 개판이 됩니다 신문지에는 주인 없는 말들이 아우성치며 바람결에 울음을 쏟습니다 신문지에서 말들은 개들의 이빨 사이에 박힌 채 구두점을 찍을 겨를을 찾지 못합니다 하기야 신문지는 이미 구두점을 잃은 지 오랩니다 개들이 이빨 사이에 구두점을 씹어 감추어 버렸기 때문입니다

　개들이 신문지를 찢습니다 신문지 한쪽을 차지하려고 아침 공기를 가르며 개들이 싸웁니다 신문지에서 말들은 상처입은 생쥐처럼 자음과 모음이 갈라진 채 기진맥진 만나지 못하고 있습니다 말들 사이에 장마철 개냄새가 진동합니다

요즘 들어와서 일부 언론매체가 장악하고 있는 위력은 더욱 견고해졌다. 가히 권력이라고 해도 무방할 만큼 그 세력이 막강하다. 아침저녁으로 그것을 통해 국내외 소식을 접하게 되는 다수의 민중은 어느새 그 세력권 아래 들어가 있는 것이나 다름없이 되었다. 언제부터 그렇게 되었는지는 몰라도 영혼을 잃은 것 마냥 그것이 시키는 대로 따라 춤추고, 분노하고, 절규하는 게 다반사가 되어버렸다. 그뿐만이 아니다. 그것이 조종하는 대로 흑과 백의 패거리로 갈라지기도 하고, 빨강색 파란색으로 나뉘어져 싸우기도 한다. 마치 이 시의 개들처럼……

이 시의 메타포는 하나다. 언론이 호도하는 은폐된 진실, 그리고 '참'과 '거짓' 없이 반복되는 정치권의 싸움을 비판하고 있는 것이다. 이는 '개'와 '신문지', '구두점'과 '말들'이라는, 네 개로 축약된 제재의 함축성을 보면 더욱 극명하게 드러난다.

사실, 공명정대가 언론의 사명이라는 것을 모르는 사람은 없다. 이는 아마 당사자들도 익히 잘 알고 있을 터이다. 그런데도 불구하고 지금까지 우리의 일부 언론매체가 국민들로부터 불신을 받아 온 것은 그와 같은 사명을 제대로 감당하지 못했기 때문이다. 국민보다는 정권에 빌붙어서 그들의 절대적 보호 아래 권력의 지분을 할애 받아온 게 사실이며, 그것이 또한 지금까지 그들이 걸어온 오명의 역사인 것이다. 그러니까 이 세상은 늘 이런 식으로 비리와 부조리가 난무하는 가운데 이어져왔다고 해도 과언이 아니다. 이 시의 결말에서 시인이 '장마철 개 냄새'가 '진동한다'고 한 것은 바로 이와 같은 것들을 싸잡고 빗댄, 악취를 의미한다고 봐야 할 것이다.

이 시는 독백체로 되어 있다. 그래서 비교적 무거운 주제인데도 가독성이 있다. 특히 우리의 주변에서 흔히 목격되는 '개싸움'을 전경에 내세움으로써 친근감까지 안겨준다. 또한 형식에 연연하지 않은 시적 구성에서도 시인의 독특한 개성이 그대로 느껴졌다.

웬일인지 오늘밤은 문득 이 시인의 칼칼한 목소리가 듣고

싫어진다. 너무 바른 말을 잘 해 가끔 사람들로부터 오해를
받기도 하고, 또 손해를 보기도 하는 이 시인이 오늘밤은 또
어디에서 무슨 말을 하고 있을지, 궁금해진다.

막내누나

김류수

추석 전 날

한 낮이 되도록

어머니는 논두렁에서 낫질을 하고 있었다

객선이 삼파시에 쏟아낸 사람들 틈에

누나는 없었다

추석이 온 줄도 모르나보다

양말 몇 켤레

고무줄 탱탱한 바지

잘 있다는 몇 줄 편지가

또 누나 대신 왔다

눌러쓴 편지에 동그랗게 번진

눈물 자국에서

웃고 있는 누나를 보았다

초등학교를 마치고 두 해

논밭길 종종거리던 누나는

어머니가 쥐어준 무명베 보따리 하나 들고

아버지 몰래 새벽 배를 타고

뭍으로 가고

꿈속에서는 누나의 뒷모습만 보였다

저녁 무렵에야 어머니는

풀물 든 손으로 떡쌀을 찧고

보름달을 쪼개서 하얀 반달 떡을 빚었다

초가로 찾아온

그 반달로 인해

철부지의 그 해 추석은

서럽도록 더디 갔다

누구에게나 유년의 추억은 있다. 그 추억이 비록 생감자를 씹었을 때처럼 아리거나, 손톱에 가시가 찔렸을 때처럼 아프더라도 누구에게나 그것은 늘 가슴 깊은 곳에 똬리를 틀고 앉아 있게 마련이다. 그러다가 어느 날 갑자기 불쑥 튀어나와 어린 시절로 자신을 다시 데려가곤 하는 것이다.

이 시인에게도 그런 날이 있었다는 것은 두 말할 나위가 없다.

이 시의 시적화자는 물론 시인 자신이다. 그런데 막내누나를 기다리는 시인의 눈에 비친 풍경은 쉼 없이 움직이는 어머니의 고단한 노동 현장이다. 추석 전 날까지도 한낮이 되도록 낫질을 멈추지 않는 어머니……. 그런 어머니의 모습을 보면서 어린 시절의 시인은 서러운 추석을 보냈다고 고백하고 있다.

가난한 섬에서의 생활과 어머니를 모태로 하여 형성된 이 시편에서 우리가 접할 수 있는 것은 오직 하나, '그리움'이다. 그것은 추석에도 내려오지 못하고 '양말 몇 켤레'와 '고무줄 탱탱한 바지', 그리고 '몇 줄의 편지'로 대신하는 누나에 대한 그리움과 함께 어머니에 대한 그리움이며, 또한 유년에 대한 그리움이기도 하다.

추석에 얽힌 내 유년 또한 평탄하지는 않았다. 월남하여 겨우 자리를 잡은 아버지는 추석 전 날이 되면 어김없이 나를 데리고 낚시를 떠나곤 하였다. 슬하에 고만고만한 아들이 넷이나 있었으나 유독 아버지는 나를 택했다. 배고프던 시절이었지만, 그날만큼은 어느 집을 막론하고 기름진 음식을 제법 푸짐하게 준비하는 날이었으므로 그럴 때마다 내 입이 튀어나오는 것은 당연지사였다. 그러나 아버지는 내 기분 따위는 안중에도 두지 않았다. 그렇다고 고기가 잘 잡히는 것도 아니었다. 보름달이 환한데 무슨 고기가 잡히겠는가. 그건 낚시꾼이라면 이미 익히 알고 있는 사실이다. 따라서 그런 날 밤이면 나는 추위에 오들오들 떨면서 넋두리 같은 아버지의 혼잣말을 듣는 것으로 온밤을 지새워야 했다. "야아, 저 달 좀 보라우. 정말 밝구나 야! 저 달이레 시방 북쪽에두 비치갔디? 기럼 네 할아바지두 시방 데걸 바라보구 있갔구나!"

서정시의 가장 근본적인 존재 형식은 시인의 자기 인식에서 찾을 수 있다. 시 안에서 시적 화자와 통일된 몸을 형성하면서 자신의 세계를 펼쳐가는 것, 그게 바로 시인의 진정성이며 공감을 끌어내는 방법인 것이다. 그렇게 본다면 이 시는 동심의 눈으로 바라본 유년의 세계를 통해 우리와 공감대를 형성하고 있다고 봐도 될 것이다.

휴지통

신정민

시간을 빌려주겠다고 문자가 왔다

무심코 지워버렸다

우울한 월요일을 보장해주겠다고 메일이 왔다

솔깃했으나 버렸다

싸움소의 급소에 칼을 꽂는 투우사

볼만한 구경거리 놀러가자 전화가 왔다

누구시냐 묻지도 않고 끊어버렸다

이것들이 나를 휴지통으로 아나

화가 치밀면 넘칠 만도 한데

검열 없는 시대

마음껏 제공되는 무한 리필 친절에도 나는 넘치지 않았다

주워오면 상을 주는 삐라도 아닌 것들

생각을 비우고 마음을 비우라는 이 시대에

나는 용량을 알 수 없는 휴지통이 되어가고 있다

요즘은 하루에도 몇 십 통씩 스팸메일과 문자가 들어오지 않으면 이상하다고 할 정도로, 그것은 우리의 일상사처럼 되어버렸다. 무심코 휴대폰과 메일을 열면 자신도 모르는 사이에 슬그머니 들어와 자리를 잡고 있는 그것들을 발견하곤 눈살을 찌푸리게 된다. 삭제하고, 또 삭제해도 소용이 없다. 다음 날이면 여전히 또 다른 이름으로 들어와 있는 그것들을 보고는 쓴웃음을 지을 수밖에 없다.

그것들은 마치 자신들이 이 정보화시대의 꽃이라도 된다는 양 막무가내로 세력을 펼쳐가고 있다. 그것들 가운데에는 음란물 사이트 가입을 권유하는 것으로부터 상품선전, 개인홍보, 여론 조성은 물론, 이 시의 첫 연에 열거한 것처럼 친절을 가장하여 은근짜를 부리는 것까지 다양하다. 그것들을 보고 있으면 말 그대로 내가 정말 휴지통이 된 것 같은 착각에 빠질 때가 많다.

어떻게 내 휴대폰 번호와 메일 주소가 저들의 손에 넘어갔는지는 알 수 없으나 그럴 때마다 나는 내가 마치 백주 대낮에 알몸이 된 것 같아 황당함을 감출 수가 없다. 그런데 이게 어찌 스팸문자뿐이겠는가. 우리가 일상적으로 내뱉는 말과 듣는 말, 또 소문 가운데 쓰레기 같은 말은 또 얼마나 많을 것인가.

이 시는 그러나 우리가 그런 것들로 인해 휴지통이 된 것만을 탄하고 있는 것은 아니다. 이 시가 정말 우리에게 전하고자 하는 주제는 따로 있다. 시인의 시선은 그것에서 차원을 달리하여 우리 스스로가 그렇듯 무한대 용량의 휴지통이 되었는데도 불구하고 이 시대를 향해 한 마디도 내뱉지 못한다는 불만을 우회적 방법으로 주장하고 있는 것이다. 이는 둘째 연으로 넘어오면 더욱 확실해지는데, 특히 '생각을 비우고 마음을 비우라는 이 시대에' 라는, 역설적 표현에 잘 나타나 있다. 그렇지만 이 시의 장점은 거기에 그치지 않는다. 그런 세상이니까 그냥 포기하고 살자는 게 아니라 휴화산 같은 휴지통이 언젠가는 폭발할 것이라는 것을 은연중 예고하고 있는 것이다. '용량을 알 수 없는 휴지통'이 폭발한다면 과연 얼마나 무서운 위력일까?

이 시를 읽으면서 나는 문득 내일은 또 내가 어떤 모양의 휴지통이 되어 있을까, 한 번 생각해 보았다.

신을 벗다

이광복

어머니는 부처를

아내는 예수를 우리 삶에 꼭 맞는 신이라고 했다

늘 힘들어 비틀거리는 삶의 길은

부드러운 흙길만이 아닌 울퉁불퉁 자갈길 같아

툭 하면 돌부리에 채이고, 그때마다

아픔을 참고 견딜 수 있는 것이 신 때문이라고 했다

초하루마다 깨끗하게 닦은 흰 고무신을 신고 절에 올라가는 어머니

일요일마다 반짝반짝 광을 낸 구두를 신고 교회에 나가는 아내

사람 많은 곳에 가면

신을 잃어버리거나 바뀔까봐 비닐봉지에 담아드는

어머니와 아내

오래 살다보면

신을 보고도 그 사람의 됨됨이가 보인다고 했다

석탄절이면 어머니 성화에

깨끗하게 닦은 고무신을 신고 절을 따라 가고

성탄절이면 아내의 등살에 떠밀려

번쩍번쩍 관나는 구두를 신고 교회에 따라가는 내겐

부처도 예수도 잘 어울리지 못하는 신이다

비가 종일 내리는 날

할 일도 없는 친구 몇이 어울려 주막집 뒷방에 틀어박혀

막걸리에 음담패설 안주삼아 화투 패 넘기던 늦은 밤

오줌 누러 문밖에 나오니 마루아래 벗어놓은 신들이 엉망이다

뒷간에 들락거리느라 아무나 끌고 다녔을 신들

아무렇게나 엎어지고 흩어지고 밟힌

발이 버린 신들이 외로워지는 밤

흙탕 속에서 부처와 예수가 흠씬 비를 맞은 채

발을 기다리고 있었다

이 시는 한 중년 사내를 시적화자로 내세워 그의 비틀
거리는 삶을 진솔하게 담아내고 있다. 부처를 믿는
것도 아니고, 예수를 믿는 것도 아닌, 중심을 잃고 있는 사내
는 때로는 어머니를 따라 혹은 아내를 따라 적당히 절과 교
회를 순회하며 살아간다. 그럴 때마다 고무신과 구두를 닦아
신는 것으로 비유되는 사내의 모습이 돌부리에 채는 것으로
묘사된다. 시가 개인의 사유를 통해 사회성을 반영하는 것이
라면 이는 뿌리를 내리지 못한 채 이 눈치 저 눈치를 보며 떠
돌아다니는 이 시대 다수의 군상들이라고 해도 틀린 말은 아
닐 것 같다.

'비가 종일 내리는 날/할 일 없는 친구 몇 명이 어울려' 화
투패를 돌리며 놀던 늦은 밤, 우연히 오줌 누러 나왔던 사내
는 '마루 아래 벗어놓은 신발'들이 엉망인 것을 발견하기에
이른다. 그것들은 뒷간에 들락거릴 때마다 아무나 끌고 다녔
을 '신발'들이다. 사내는 그러나 '아무렇게나 엎어지고 흩어
지고 밟힌' 그 '신발'에서 새로운 깨달음을 얻는다. '흙탕 속

에서 부처와 예수가 흠신 비를 맞은 채/밭을 기다리고 있었다'는 그것은 그동안 그가 어머니와 아내의 눈치를 보며 적당히 들락거렸던 신, 즉 예수와 부처의 모습이 아니라는 사실이다.

그러나 이 시는 구도적 차원에서 평가할 수는 없다고 본다. 그보다는 오히려 사실적 서사를 바탕에 두고 있는 전통적 리얼리즘 계통의 시로 분류하는 게 옳을 것 같다. 이는 예수와 부처라는 존재가 단지 갈피를 잡지 못하고 흔들리는 사내의 삶에 도우미 역할을 하는데 지나지 않기 때문이다. 그렇게 보면 시인은 걸걸한 어조로 시골 풍경을 해학적으로 그리면서, 한편으로는 우리들 농촌의 실상을 은유적으로 보여주고자 했는지도 모를 일이다.

하긴 이와 같은 우리의 삶이 어찌 농촌뿐이겠는가. 도시에 사는 소시민 가운데에서도 삶에 갈등을 안고 비틀거리는 사람들은 부지기수 아닌가.

곧 벚꽃이 핀다는 소식이 들리는 것을 보면 도무지 물러가지 않을 것 같은 겨울도 어느새 지나간 것 같다. 그렇다면 이 봄이 또 지나기 전에 이 시인과 더불어 꽃구경이라도 한 번 다녀올 수 있도록 서둘러야겠다. 그의 고향 충북 영동으로……

극장 안에서

양영랑

거대한 무덤이다

어둠 속으로
신세계가 펼쳐진다
달도 별도 없는

존재하지 않는 그림자들이
미라처럼 앉아 있다

굉음이 심장을 거두어간다

무덤 속에서
영혼들이

울다

두려움에 떤다

……

……

……

이윽고

어둠이 벗겨지자

심장을 주섬주섬 챙긴 영혼들이

다시 부스스, 살아난다

한 시간 반 남짓 죽었던 영혼들이

뿔뿔이 흩어진다

달도, 별도 없는
신세계를 향해

우리가 이미 인지하고 있는 것처럼 극장 안은 사위를 분간할 수 없이 어둡다. 한 칸 너머에 누가 앉아 있는지, 무엇을 하고 있는지 알 수 없는 게 극장 안이다. 그렇다면 단 5분 앞도 내다볼 수 없는 우리 인생은 극장 안과 무엇이 다를까.

우리는 흔히 인생을 일컬어 한 편의 영화 같다고 한다. 그만큼 짧은 삶인데도 파란만장하다는 의미가 될 것이다. 사실, 전개와 결말을 예측할 수 없는 영화처럼, 우리 인생 또한 예측할 수 없기는 마찬가지이다.

이 시의 배경은 두 개로 중첩된다. 하나는 우리가 아는 것처럼 극장 안이며, 또 하나는 바깥세상이다. 이 두 개의 세상은 각각 독립된 세상으로 보인다. 그러나 자세히 살펴보면 하나로 연결되어 있다는 것을 알게 된다. 그것은 무엇보다 영혼이 떠난 '무덤 속 같다'는 첫 연과 두 번 반복되는 '달도 별도 없는/신세계'에서 확인된다. 그렇다면 시인은 '존재하지 않는 그림자들이/미라처럼' 앉아서 두려움에 떨고 있는 게 우리의 인생이라고 주장하고 있다는 게 된다. 이는 또한 이 시에서 독특하게 사용되어 있는 말줄임표가 의미하는 것을 찾아내면 더욱 명확해진다. 그 기호야말로 극장 안에서 획일적으로 빼앗긴 우리 영혼들의 대화가 무언이라는 장치만은 아닐 것이다. 할 말을 제대로 하지 못하고 사는 우리들의 연약한 언어까지 포함하고 있다고 봐야 한다. 그렇다면 이처럼 '좀비현상'을 나타내고 있는 이 시대의 영혼들이 다시 살아나 '심장을 주섬주섬 챙겨' 들었다고 해서 그게 온전할까?

우리는 모두 입을 닫은 채 살고 있다. 할 말이 없어서도 아니고, 또 하고 싶은 말이 없어서도 아니다. 그로 말미암아 자신이 드러나는 것과 혹시라도 입을지 모를 피해를 기피하고 있기 때문이다. 이는 서로가 서로와 어울리는 사회적 유대관계를 필요로 하지 않는 개인주의가 극도로 팽배해진 탓이기도 하다. 그러므로 표면적 진술과 실제의 의도가 달리 나타나는 것을 언어적 아이러니라고 한다면, '신세계'를 향한다는 것이야말로 이 시가 안고 가는 아이러니가 아닐 수 없다.

겨울바다를 보았다

강란숙

겨울바다에 가야 한다는, 막막함이 얼핏
오이도 바다를 생각했다
초행길 아닌 곳을 물어
질퍽대는 눈 밟으며 오이도행 전철 기다리는 동안
문득 떠나지 않는 이, 눈발 날리는 나뭇가지마다
눈꽃 핀 풍경에 어금니 지그시 물었다

멀리 썰물이 들어낸 갯벌에
내 울음 끝 묻혀 눈발에 날리고
지난 오이도 갯바람에 건넨 말들이
썰물에 밀려가듯 무심히 흘려버린 그날
선착장 매여 있는 빈 배처럼, 갯바람 모질게
맞고서야 되새기는 저물녘

수평선이 보고 싶다 흘러내리는 수화기에서

주먹만 한 속울음 가슴팍 내려앉아 두 다리가 휘청대는

방파제 난간을 붙잡고

내 어머니 부르며

늦도록 갯바람에 서서 겨울바다를 보았다

세상살이가 너무 힘들고 버거울 때 우리는 자신도 모르게 어머니를 떠올린다. 그런데 이상스러운 것은 그렇게 어머니를 향해 원망을 하고, 하소연을 하다보면 마음이 가라앉는다는 것이다. 나도 마찬가지로, 그런 일이 있으면 모르는 사이에 어머니부터 찾게 된다. 세상을 떠난 지 이미 오래된 어머니인데도 바로 눈앞에 있는 것처럼…….

사실 나는 어머니와의 사이가 그렇게 썩 좋은 편은 아니었다. 네 형제 중에서 나는 늘 어머니의 관심으로부터 열외였다. 이를 두고 혹자는 둘째의 설움이라고 부르기도 하고, 또는 다른 형제에 비해 유독 건강했던 탓 아니겠느냐고도 하지만, 어쨌든 그만큼 편애가 심했던 것만큼은 사실이다. 그것 때문에 한때는 삐딱하게 나간 적도 있지만…….

그러나 지금 와서 보면 이해가 되지 않는 것도 아니다. 큰 아들은 장자인 까닭에 그렇고, 또 막내는 막내라서, 그리고 셋째는 유달리 병약했기 때문에, 더 많은 관심을 기울일 수밖에 없지 않았겠는가. 그런데도 불구하고 어렵고 힘든 일이 있으면 어머니부터 찾는다는 것을 보면 정말 불가사의한 일이 아닐 수 없다. 그러나 그건 사실이다!

이 시는 어둡고 칙칙한, 더구나 모호한 분위기까지 느껴지게 하는 시이다. 서사 역시 구체성이 모호하여 흐린 겨울밤에 홀로 서 있는 것처럼 형상이 뚜렷하지 않다. 그러나 이는 어쩌면 이 시대가 주는 아픔과 고통을 몸으로 겪으며 살고 있는 시적화자를 나타내기 위한 시인의 의도된 장치일 수도 있다. 사실, 가진 것 없는 자들에게 이 시대란 '막막함'의 연속 아닌가. 초행길이 아니라는 것으로 유추해 볼 때, 아마도 이 시의 화자는 그럴 때마다 탈출구로 '오이도'를 택하였고, '갯바람을 맞으며' 어머니를 상대로 '속울음'을 울곤 했던 모양이다. 그런데 이와 같은 울음은 당분간 지속될 전망이다. 이는 무엇보다 희망과 소망의 근거가 전혀 비치지 않는 어두운 밤, '늦도록 겨울바다를 보았다'는 결말의 이미지를 통해 유추해 볼 수 있다.

하지만 우리는 이 시에서 화자의 결연한 의지를 확실히 읽을 수 있었다. 그것은 어쩜 역설로, 이처럼 계속되는 울음을 이겨내겠다는, 시인의 불타는 다짐이라고도 할 수 있을 것이다. 이 시가 지닌 또 하나의 미덕은 이와 같은 울음이 비단 화자뿐만 아니라 이 시대를 함께 살아가는, 가진 것 없는 다수의 민중과도 공유하고 있다는 점이다.

성묘하는 날

최순섭

시원하게 스포츠머리로 깎아 드렸더니

산뜻한 아버지의 뒷모습이 보입니다

풀빛 적삼 입으시고 큰절을 올리고 계십니다

누굴 위해 저리도 큰절하고 계시나요

아버지의 봉분 위로 나의 살과 뼈가 자라나고

파란 하늘에 붉은 피가 돌고 있습니다

구부정한 어깨에 무거운 십자가 짊어지고 걸어가시던 모습,

파도처럼 밀려와서 아리도록 그리울 때가 있습니다

오늘에야 겨우 보았습니다

내 깊은 슬픔의 골짝을 가끔 잊고 사는 일도

몸 낮춰 엎드린 아버지의 넓은 어깨 때문이라는 걸

이제는 훌훌 털고 일어나셔도 될 텐데

나약한 피붙이가 살아가는 세상을 향해 석고대죄 하듯

아직도 저리 깊은 절을 올리고 계십니다

아버지의 음덕인가요? 재배하고 돌아오는 길 앞이

시원하게 뻥뻥 뚫려 있습니다.

이 땅의 아버지들은 모두 위대하다. 어려운 역경 속에서도 에둘러가지 아니하고 자식이라면 자신의 목숨까지 내놓겠다는 의지로 올곧게 걸어가는 우리들의 아버지! 아버지들은 결코 자신을 자랑하거나 내보이지 않는다. 혹시라도 자식이 우쭐해 할까봐 칭찬까지도 속으로 삭이며 아낀다. 그래서 때로 우리의 아버지들은 외롭고 고독하다. 그러나 그걸 몰라준다고 자식들을 탓하거나 내색하지도 않는다. 섭섭해 하지도 않는다. 세월에 떠밀려 나날이 늘어가는 주름살 하나하나에 자식들을 향한 바람과 근심이 깊어가는데도 뚜벅뚜벅 자신의 길을 걸어간다. 그게 바로 우리 아버지들의 참 모습인 것이다.

그러나 자식들은 대부분 그런 아버지의 마음을 헤아릴 줄 모른다. 사랑은 내리사랑이라고, 자신을 낳고 기른 아버지를 잊고 사는 게 보통이다. 하지만 한 가지, 우리 아버지가 그래왔던 것처럼 그도 자신의 자식들에게는 일방적인 사랑을 주저하지 않는다. 이것이 우리들이 살아가는 생존의 순환이며,

본능인 것이다.

성묘 간 날이 전경이 되는 이 시는 전체를 싸고도는 분위기가 화사하다. 아버지를 향한 감사와 고마움을 간직하고 있는 일인칭 화자의 따뜻한 내면이 효과적으로 전달된다. 이는 무엇보다 성묘를 간 '나'가 아버지의 사랑을 충분히 이해하고 있다는 데에서 찾아볼 수 있다. 생전에도 '구부정한 어깨에 무거운 십자가를 짊어지고 가셨던' 아버지가 돌아가신 후에도 자식을 위해 아직껏 큰절을 올리고 계시다는, 시적화자의 고백은 그것이 오직 '나약한 피붙이가 살아가는 세상을 향해 석고대죄'하고 계시다고 생각하는 것이다. 물론 이는 무덤의 앉은 생김새를 두고 하는 시인의 비약이지만, 아무튼 이제라도 그걸 깨달았다는 것은 다행스러운 일이 아닐 수 없다. 그렇다면 정말 그 아버지에, 그 아들이 아니겠는가.

대개의 경우, 시적 제재는 시인의 개인적 체험을 자양분으로 자란다고 한다. 그러나 그 제재가 시인의 손을 거쳐서 한 편의 작품으로 형상화되었을 때에는 그 시인만의 체취가 느껴지게 마련이다. 이것을 우리는 흔히 개성이라고 부른다. 그런 의미에서 볼 때 이 시는 분명 시인이 평소 지니고 있는 따뜻한 성품과도 일치한다고 볼 수 있다.

비

김동배

비가 온다는 예보는 오보다

골목 안 구멍가게 같은 작은 주말농장은

항상 자금 부족이다

억수로 쏟아질 것 같은 검은 하늘도

방울방울 떨어지다 맑아진다

골목 작은 상가는 팔리지 않은

시들은 푸성귀로

걱정이 갈증으로 쌓인다

자금이 끊긴 물은 이미 바닥을 보인 지 오래다

퍼져버린 배추, 축 늘어져

머리를 땅바닥에 떨어뜨린 토란은 이미 파산 직전이다

일기예보에도 비가 내리지 않는 골목

작은 주말농장은

시장 자유경쟁에 뒤쳐져

신자유주의 깊은 그늘에 목이 탄다

지난겨울부터 시작된 가뭄을 두고 사람들은 몇 십 년 만이라고 혀를 차고 있다. 겨우내 눈 한번 제대로 맞아보지 못한 대지가 바싹 말라가는 것처럼 사람들의 마음 또한 날이 갈수록 각박해져 가는 것 같다. 봄으로 접어들자 이런 가뭄 현상은 더욱 극심해져 벌써 곳곳에서는 때 아닌 물 부족 현상을 겪고 있다는 소식이고 보면 그냥 범상하게 넘길 수 있는 일만은 아닌 것 같다. 모든 생물에게 물은 곧 생명이다. 물이 없으면 결국 생존할 수 없다는 것쯤은 네 살짜리 꼬마도 익히 알고 있을 만큼 물은 우리에게 없어서는 아니 될 필수 존재인 것이다.

가뭄을 전경에 깔고 시작되는 이 시는 그런 까닭에 전체를 관통하는 것이 목마름이다. 빗나간 예보와 몇 방울 떨어지다가 그치는 작달비는 갈증을 더욱 유발시킨다. 그런데 이 시를 이해하기 위해서는 겉에 드러난 이와 같은 '갈증'보다는 그 속에 숨겨져 있는 '갈증'을 찾아내야 한다. 즉, 이는 '시들은 푸성귀'가 상징하는 가난한 사람들의 팍팍한 살림살이와, 그들이 목마르게 기다리는 '비'는 결국 '신자유주의'라는 그늘에 가려서 어쩌면 평생 오지 않을지도 모른다는, 불안이다. 그렇게 보면, 이 시의 '작은 주말농장'과 '일기예보에도 비가 내리지 않는 골목'은 동선이며, 또 '내리지 않는 비'와 '신자유주의' 역시 동선에 놓아야 옳을 것이다. 먼지가 폴폴 나는 척박한 땅, 비 한 방울 제대로 내리지 않는 가난한 자들의 삶터……

그렇다면 이 시인이 말하는 신자유주의는 과연 무엇일까. 먼저 결론부터 말하자면, 신자유주의란 부자는 더욱 부유하게 되고, 가난한 자는 더욱 가난하게 되는 바로 그와 같은 경제적 논리라고 할 수 있다. 그들의 주장은 '규제 없는 시장이야말로 경제성장을 촉진시키는 최선의 방법이며, 그와 같은 경제성장은 결국 모든 사람을 이롭게 할 것이다'라고 했지만, 그들의 이론처럼 부富는 한 번도 아래로 흘러내리지 않았다. 그보다는 모든 경제 행위에서 국가의 개입을 폐지, 또는 통제를 없앰으로써 자본가들은 그들이 원하는 거대한 이익을 마음대로 창출할 수 있게 되었다. 그러니까 신자유주의란 가난한 자들의 권리가 배제된 자본가들만의 자유를 의미한다고 볼 수 있다.

그렇게 보면, 이 시에서 목이 타는 것은 비단 작은 주말농
장의 푸성귀들만이 아닐 것이다. 그것을 애끓는 시선으로 바
라보는 시인의 마음도, 또 한줄기 시원한 빗줄기를 기다리는
이웃한 빈자들의 마음도, 모두 목이 타기는 마찬가지일 것이
다.

시가 개인적 사유에서 출발하여 사회성을 공유하는 것이
라면, 이 시는 바로 그와 같은 시편이 될 것이다.

개나리

이종선

다가가기 쉽지 않은 곳에
서서 마주보기 어려운 곳에
보살펴 줄 수 없는 곳에
삶의 무게를 늘어뜨리고 있지

사람에게 다가오면
내민 손을 무참히 자르지

그래도
힘에 겨운 시간을 견디고
조붓한 망울에서 울려나오는
노란 합창은 희망이 되지

희망 없는 이 시대에

희망을 전하는

전령이 되지

몇년째 나는 봄이 왔다는 사실을 식골 공원 주변에서 실감하곤 한다. 이는 금년에도 변함이 없었다. 아직까지 아침저녁으로는 찬바람이 여전히 옷깃을 여미게 하지만 개나리는 더 이상 참을 수 없다는 듯 떼거리로 몰려나와 어느새 꽃망울을 터트리고 있었다. 방울져 흐르듯 피어난 개나리꽃으로 인해 공원 주변은 어느새 온통 노란색 물결을 이루고 있었다.

그런데 이상한 것은 개나리를 보면 겨우내 움츠렸던 사람들의 어깨가 자신도 모르게 펴진다는 사실이다. 무거웠던 발걸음도 가벼워지는 것이다.

이 시는 첫 연에서 개나리는 접근이 쉽지 않은 곳에서 피어난다는 사실과 함께 피어나기 위해 살아온 삶의 무게를 구어체로 그려내고 있다. 그와 같은 묘사는 셋째 연으로 넘어와서 다시 한 번 반복된다. 그러니까 시어의 내포적 의미로 살펴 볼 때, '삶의 무게'와 '힘에 겨운 시간'은 동선에 놓고 보아야 할 것이다. 그렇다면 '다가가기 쉽지 않은 곳'과 '내민 손을 무참히 자르는' 사람이란 존재의 의미 또한 개나리와 무한 갈등을 겪는 시대적 아픔과 절망과 분노를 비유한 것이라고 봐도 될 것이다. 그것은 이 시의 반전이라고 할 수 있는 마지막 부분에 이르면 좀 더 확실해진다. 그런 속에서도 희망을 부르는 노란 합창……. 그것은 곧 개나리꽃이 '희망 없는 이 시대에/희망을 전하는 전령'의 역할을 감당하고 있다는 것을 뜻한다. 그렇게 보면 다소 어눌한 것처럼 들리는 구어체도 시인의 의도였는지 모를 일이다.

그렇다. 봄은 희망이고, 노란 완장을 두르고 떼거리로 몰려나온 개나리는 그 희망을 지금 우리들에게 온몸으로 시위하고 있다.

겨울 동안 우리는 살 속을 파고드는 추위와 칼바람에 눌려 희망 없이 살아온 것 또한 사실이다. 날마다 지구촌에서 들려오는 소리는 귀를 막고 싶을 정도로 우리를 떨게 했다. 어디 그것뿐인가. 날이면 날마다 밝혀지는 믿었던 지도자들의 비리와 부정 등은 우리에게 절망을 던져주고 있다. 그런 의미에서 보면, 이 짧은 시가 사시하는 바가 작다고만은 할 수 없을 것 같다.

잘 가라 반달곰

설광호

총 맞은 곰이
참나무 아래 자릴 잡는다
이곳은 유년의 추억이 깃든 곳

내 흘린 피를 더듬어
사냥꾼은 지금 어디만큼 이르렀을까
잡혀지기 전에 죽어야지

잎 하나가 살포시
볼을 어루만진다
괜찮아요, 어머니
총알이 소화를 돕는지
속이 따뜻하네요

저들만 누리겠다는데요 뭐

대신 저로 끝날 거예요

슬픈 사생활 더 이상 드러내놓지 않기로

기꺼이 갈래요

다 있고 사람만 없는 별나라.

얼마 전 지리산에 방생했던 반달곰 한 마리가 사라졌다는 소식을 접한 적이 있다. 그렇다면 그 반달곰은 왜, 어디로 사라졌단 말인가. 이에 대한 후속 기사까지는 읽지 못했지만, 분명한 것은 그 사건의 전말이나 범인의 체포 유무가 아니라 그 모든 게 사람의 탐심에서 비롯되었다는 사실이다. 그렇다면 웅담을 탐내는 인간의 욕심이 또 한 마리의 어린 곰을 희생시켰다는 것이 될 터인데, 이것은 어쩌다가 겉으로 드러난 것일 뿐, 드러나지 않은 것까지 합친다면 얼마나 많을까, 생각하면 우울해지지 않을 수 없다.

이 시를 읽으면서, 자연이란 우리에게 과연 무엇인가를 다시 한 번 성찰할 수 있는 기회를 가졌다. 자연은 말 그대로 우리들의 삶의 터전이며, 생명의 근원이다. 그런데도 우리는 지금까지 그것에 대한 고마움을 너무 무시하고 살아왔다. 산업화라는 미명 아래 무차별적으로 훼손하고 파괴시켜온 것 또한 사실이다. 아프리카 열대지방은 물론, 지구의 허파라고

불리던 남미의 아마존 지역도 그런 사람들의 욕심에 의해 산림이 매년 줄어들고 있다는 보고이다. 그런 의미에서 보면 이제라도 지구 곳곳에서 자연을 복구시키자는 운동이 벌어지고 있는 것은 매우 바람직한 일이 아닐 수 없다. 하지만 한번 잃어버린 자연이 다시 제 모습을 되찾기 위해서는 많은 시간이 소요된다는 이야기이고 보면 이와 같은 운동은 아무래도 긴 시간을 두고 대물림을 해야 할 것 같다.

사실적 서사를 평면적 구도로 읊은 이 시는 제목에서 이미 드러나고 있는 것처럼 자연친화적이다. 사냥꾼에게 '총 맞은 곰'이 죽어가는 장면을 전면에 내세우고 있는 이 시는 특히 의인화된 곰의 독백체와 동화적 어조로 인해 어린아이 같은 순수성을 느끼게 한다. 더구나 '기꺼이 갈래요/다 있고 사람만 없는 별나라'라는 결말에 이르면, 이는 비단 곰 한 마리의 절규로 끝나는 게 아니라, 황폐되어가는 모든 자연물의 부르짖음으로 확대되는데, 이는 이 시의 주제이며, 또한 시인이 숨겨놓은 의도라고 할 수 있다. 이처럼 이 시는 우리 인간들의 속성을 역설적으로 고발하고 있다. 그런데 인간이 쏘는 게 어디 동물뿐인가. 사람이 사람을 겨냥하고 쏘는 행위 또한 매일같이 일어나고 있지 않은가. 그렇게 보면, 우리들의 가슴 속에는 누구나 증오와 미움, 원망의 총알구멍이 한 두 개쯤 뚫려있다고 봐도 크게 틀리지 않을 것 같다.

　지금 이 순간에도 우리의 자연은 사람들에 의해 조금씩 파괴되어가고 있다. 골프장, 경기장, 도로확장, 주거지역, 산업지역……. 편의상 사람들이 내세우는 명분은 그 외로도 수없이 많다. 그러나 결과는 모두 건설이 아니라 파괴라는 것이다. 앞으로 우리는 이 점을 외면하거나 간과해서는 아니 된다. 모두가 파수꾼이 되어 두 눈 크게 뜨고 지켜보아야 할 일이다. 이 시를 쓴 시인처럼…….

능소화

정다운

얼마나 아파야 끈을 놓을까
푹푹, 찌는 담장을 뒤로 하고
달음질치듯 산 속으로 올랐다

엿가락 제 멋대로 휘어지는 땡볕 오후
저 년은 왜 하필이면
밤나무 허리 휘어 감고 아양을 떨까

담장 위에 다소곳이 기다리고나 있지

천방지축 날도깨비
돌아오지 않는 아리랑

무엇이 발길을 돌려

저리도 애태울까

차라리 잊으려 찾아든 것일까

비우기 위해 산 속으로 간 것일까

능소화는 여름에 피는 꽃이다. 한 여름철 골목을 지나다보면 담장 너머로 깔때기 모양을 하고 있는 진한 귤빛의 꽃들이 덩굴식물의 특성대로 줄줄이 매달려 있는 것을 목격하게 된다. 명예와 그리움이라는 꽃말을 가진 이 꽃은 그래서 그런지 시들지 않은 채 떨어져 보는 이들에게 더욱 처연한 아름다움을 주고 있다. 그러나 능소화는 아름답긴 하지만, 장미에 가시가 있는 것처럼 독성을 품고 있다. 꽃을 만진 손을 씻지 아니하고 눈을 비비면 자칫 실명할 수도 있다는 것이다.

이 시를 이해하기 위해서는 먼저 '능소화'에 얽힌 슬픈 전설부터 알아야 할 것같다. 이는 이 시의 주제는 물론, 서사구조도 무관하지 않기 때문이다.

이야기는 자태가 고운 '소화'라는 아리따운 소녀가 어느 날 후궁으로 간택되어 궁중으로 들어간다는 것으로부터 시작된다. 다행히 소녀는 임금의 눈에 띄어 하룻밤 동침을 한 뒤 '빈'의 자리로 그 위상이 높아진다. 따라서 처소 또한 바뀌게 된다.

그런데 문제는 그 다음부터이다. 무정한 임금은 소녀의 마음을 아는지 모르는지 하룻밤 잠자리를 같이 한 이후로는 다시 찾아오지 않았다. 날이 가고 달이 갔으나 임금은 끝내 종무소식이었다. 그래도 소녀는 포기하지 않았다. 행여 임금이 올까, 날마다 담장 너머를 기웃거리며 기다리고 또 기다렸다. 그러다가 결국 상사병에 걸린 소녀는 식음을 전폐하기에 이르렀고, 생을 마감하게 되었다. 그때 소녀는 자신의 시신을 담장 아래 묻어달라는 유언을 남겼는데, 이상스럽게도 다음해부터 그 자리에서 능소화가 피어났다는 것이다.

흔한 전설이지만, 그런 의미에서 살펴볼 때, 이 시는 그와 같은 기다림에 지친 소녀를 의도적으로 해방시켜주고자 한다는 것을 알게 된다. 냉소적 어조가 같은 동성의 입장에서는 맹목적 사랑을 구가하는 소녀의 순수성을 비웃는 투로 들릴 수도 있지만, 사실 그 비웃음이란 것 역시 규례와 질서에 억눌려 탈출하지 못한 채 이 시대를 살아가야 하는 시인이 스스로 자신에게 퍼붓고 있는 해방에 대한 질책일 수도 있다.

그것은 특히 마지막 연에 오면 더욱 분명해지는데, '비우기 위해 산속으로 간 것일까'라는 것은, 스스로를 향한 도피성 절규일 수도 있기 때문이다.

정제되지는 않았지만, 한 걸음 발전한 또 다른 페미니즘 계열의 시 한 편을 읽은 느낌이었다.

집들이에 오세요

-김규동 선생님께

맹문재

내가 집들이를 가지요

정월 초하루 아흔이 넘으신 이기형 선생님께서
건강하라고 전화를 주신 때와 같이
나는 당황했다

노동자로 시인으로 학자로
손가락을 셀 필요도 없이 절음발이인 나는
집들이를 받을 만한 자격이
안되기 때문이다

그러시지 않아도 괜찮아요

지금 몸이 시원치 않으니 다 나으면 가지요

나는 얼른 목소리를 바꾸었다

선생님, 부디 오세요

선생님, 그곳 생활은 좀 어떠신지요? 오랜만에 소식 올립니다.

이곳은 선생님이 계실 때와 다름없이 여전히 한 치 앞을 내다볼 수 없는 상태입니다. 통일은 뒷전인 채 자기들끼리 쩧고 까불면서, 서로 잘났다고 떠들어대는 게 그때보다 나아진 게 조금도 없습니다. 그들에 의하면 이 세상에는 그들만큼 잘난 사람이 아무도 없는 것 같습니다.

선생님. 고향엔 가보셨나요? 거기도 지금은 많이 변했지요? 하긴, 세월이 그렇게 흘렀는데, 선생님이 떠나시던 때와 같을 수야 있겠습니까. 그래도 오랜만에 느릅나무 아래에서 고향 냄새는 맡으셨을 터이니 소원은 반쯤 성취하셨겠네요. 물론 꿈에서도 눈물 흘릴 만큼 보고 싶어 하던 어머님과 그 시절 동무들의 모습은 찾아볼 수가 없어 못내 섭섭하셨을 테지만······.

평소 후학들을 남달리 아끼고 사랑했던 선생님은 늘 존칭어를 쓰셨지요. 하대를 하여도 무방할 터인데, 저는 그렇게 하시는 선생님을 한 번도 본 적이 없습니다. 결코 빠르지 않은 나지막한 음성 속에 담겨 있던 사랑하는 마음……. 도수 높은 안경을 끼신 자그마한 체구였지만, 선생님은 결코 거인에게도 지지 않을 강골이셨지요. 사실 선생님의 통일을 향한 그 올곧은 열정을 누가 막을 수 있었겠습니까. 지금까지 선생님을 그리워하는 후학들이 많은 이유도 아마 그것 때문이 아닐까 생각합니다.

그런데 선생님을 떠올리면 왜 제 머릿속에는 자꾸만 그날 보았던 그 나무재떨이가 생각나는 것일까요? 어느 해 세밑이었다고 기억합니다. 몇몇 문우들과 함께 예고 없이 댁을 찾았던 저는 서재에서 원목을 잘라 속을 파낸, 자그마한 그것을 목격하게 되었지요. 선생님의 손때가 묻은 그것은 겉까지 까맣게 그을려 있었습니다. 마치 고향을 그리다가 재가 된 선생님의 마음처럼……

그 뒤로도 가끔 선생님을 뵙곤 하였지만, 댁으로는 다시 찾아뵙지 못했지요. 한 번 찾아가 뵈어야지, 하면서 차일피일 미루다가 그만 기회를 놓치고 말았습니다. 같은 실향민

세대라고, 유독 사랑을 많이 주셨는데…….

선생님, 이 시를 쓴 맹문재 시인을 잘 아시지요? 세 가지 일을 하느라고 어느 것 하나도 뚜렷하게 이룬 것이 없다고 본 인은 자책하지만, 제가 보기엔 모두 다 잘 이루어가고 있는 이 시인은 그러나 나와 같은 우를 범하지는 않았던 모양입니 다. 그 뒤에 선생님이 정말 집들이를 가셨는지는 알 수 없지 만, 이 시인의 뜨겁고 투명한 외침으로 미루어 짐작하건대 아 마도 이 간절한 소망은 이루어지지 않았을까, 하는 생각이 드 네요.

참, 선생님. 그런데 그곳에서 이기형 선생님은 만나 보셨 나요? 선생님이 가신 뒤 얼마 지나지 않아 뭐가 그리 바쁜지, 아흔다섯 해를 사시던 이곳을 떠나 그곳으로 이사를 가셨는 데, 그 선생님 집들이에는 가보셨나요? 그 선생님, 그곳에서 도 여전히 통일시를 쓰고 계시던가요? 이 땅을 걱정하고 계 시던가요?

선생님, 웬일일까요? 오늘 밤은 선생님의 모습이 더욱 그 리워집니다. 선생님의 그 잔잔한 음성이 듣고 싶습니다. 언 제쯤이나 선생님을 다시 뵙게 될지……. 그러나 분명한 것은 우리도 머잖아 선생님 댁을 방문하지 않겠습니까?

선생님, 그럼 그날까지 내내 편안하세요.

가족관계증명서

구순희

아버지가 비어 있다
누가 어머니를 먹어치웠다
한 사람이 몇 살에 태어났는지
몇 살에 눈을 감았는지
한 생애의 기억만 남겨놓고
완벽하게 숨어버렸다

없다
하얀 종이 위에
자식의 자식 이름만 올려놓고
이제는 없는 가족
이름만 살아 있는
없는 부모는

한 생애를 끌고 다니던

숫자들을 홀가분하게 반납했다

주민등록번호를 벗어버렸다

몇년 전 일이다. 오랜만에 가족관계증명서를 발급받은 적이 있었다. 물론 필요에 의한 것이었지만, 그것을 무심코 들여다보던 나는 깜짝 놀라고 말았다. 응당 우리 가족 앞에 자리를 잡고 있어야할 아버지와 어머니의 주민등록번호가 어느 사이 삭제되어 있었던 것이다. 생각해보면 당연한 일인데도 선뜻 실감이 나지 않았다. 이 시의 시적화자가 당혹스러워 했던 것처럼…….

사실 우리의 일상은 많은 숫자와 더불어 살아가고 있다. 집주소와 전화번호, 생년월일은 물론, 주민등록번호, 차량번호, 열쇠번호, 계좌번호, 거기다가 또 비밀번호는 왜 그렇게나 많은지, 자칫하면 까먹고 허둥대기 일쑤이다. 그런 까닭에 건망증이 있거나 머리가 나쁜 사람은 더더욱 살기 힘든 세상이 되고 말았다.

따지고 보면 이것뿐만이 아닐 것이다. 일등과 이등, 꼴등이라는 숫자는 경쟁사회에서 단연 그 사람의 인격과 지위를 나타내기도 한다. 이렇듯 우리는 태어나서부터 죽을 때까지 우리의 필요에 의해, 우리가 만들어, 우리에게 부여한, 그 숫자의 막강한 힘에 눌려 살아가고 있다고 해도 과언이 아니다. 그렇게 보면 이 시대에서의 숫자는 우리의 본질보다 오히려 우리를 더 우리답게 나타내는데 높은 기여를 하고 있을 뿐만 아니라 신뢰성까지 지니고 있다고 봐야 한다.

증명을 풀어쓰면 어떤 사물의 진상을 증거를 통해 밝히는 것이 된다. 그렇다면 '가족관계증명서'는 말 그대로 '가족 공동체라는 진상을 이름과 숫자로 칸마다 나열하여 밝히는 것'이 되겠다. 그런데 그 칸에 얼마 전까지만 해도 공동체의 수장이었던 아버지의 숫자와 어머니의 숫자가 비어 있다니…… 물론 시적화자가 세상 모든 생물은 태어날 때가 있으면 죽을 때도 있다는, 자연의 순리를 모르지는 않을 것이다. 또 그것이 편이주의에서 비롯된 정당한 행정조치였다는 것도 이해하지 못하지 않을 것이다. 그렇다면 갑자기 그것을 대했을 때 느끼게 되는 허망함을 뛰어넘어 그가 정작 그리고 싶었던 것은 족쇄처럼 우리를 억누르고 있는 숫자의 막강한 구속력이 아니었을까. 그렇다면 이 시는 분명 '가족관계증명서'라는 제재를 통해 그것에 대한 분노와 저항을 표현했다고 봐야 할 것이다.

가끔은 당신 기억 속에서

박정숙

가끔은 당신 기억 속에서,
어디서 어떻게 살고 있는지는 모르지만
내 이름 떠올라
아파하며 그리워했으면 좋겠어요

가끔은 당신 기억 속에서,
세상과 부딪히며 돌아볼 겨를이 없겠지만
내 이름 떠올라
밤새도록 보고파 했으면 좋겠어요

가끔은 당신 기억 속에서,
어느 곳을 가든지 나와 함께 했던 추억들로
내 이름 떠올라

소리 내어 불러주었으면 좋겠어요

가끔은 당신 기억 속에서,
지금은 다른 사람과 행복하게 살고 있겠지만
내 이름 떠올라
울어주었으면 좋겠어요

남자와 여자의 사랑이란 너무 다양하고 오묘해서 가히 종잡을 수가 없다. 시작도 그렇지만, 그 끝 역시 예측을 불허한다. 다행히 해피엔딩으로 마무리 되는 경우도 있지만, 때로는 가슴 아픈 이별로 인해 평생 깊은 상처를 안고 살아가야 하는 경우도 허다하다. 그렇게 보면 사랑이야말로 인류가 해결할 수 없는 난치병임에 틀림없다.

사랑은 결코 캔디처럼 달콤한 맛만 지속되는 게 아니다. 어느 날 갑자기 엄습하는 쓰고 아픈 맛도 상존한다. 어디 그뿐이랴. 때로는 목숨까지 내던져야 할 정도로 맹목적인 각오가 수반되기도 하는 게 사랑이다. 그런데도 불구하고 지구상의 숱한 사람들이 끊임없이 사랑에 목말라하며, 지금 이 순간에도 상대를 찾아 헤매고 있는 것을 보면 정말 불가사의한 일이 아닐 수 없다.

이 시는 전형적인 연애시이다. 더구나 '가끔은 당신 기억 속에서'와 '내 이름 떠올라'라는, 동어반복을 통해 강조되고 있는 서사 구조를 보면 두 사람의 사랑은 이미 과거사로 보는 게 옳다. 헤어진 지도 벌써 오래되었고, 지금은 근황조차 모르는 사이로 드러나 있다. 헤어진 이유까지는 유추할 수가 없지만, 한 가지 분명한 것은 사랑이란 그렇게 헤어졌다고 해서 금방 칼로 자르듯 잊을 수 있는 게 아니라는 것이다. 앙금처럼 가슴 깊숙이 남아 있다가 어느 날 갑자기 불쑥 솟구쳐 올라와 다시금 못 견디게 하는 게 사랑인 것이다.

일인칭으로 되어 있는 시적화자는 계속하여 그가 '내 이름 떠올라', 그리워하고, 보고파하고, 소리 내어 부르고, 울었으면 좋겠다고, 원망이 가득한 어조로 외치고 있다. 이는 어찌 보면 이별을 통해 상처를 입은 화자의 보복 심리라고도 볼 수 있다.

그렇지만 이 시는 그와 같은 화자의 일방적인 외침에 그치지 않는다. 이 시의 백미는 그 너머에 숨겨진 반어적 화법에 있다. 다시 말하면, 지금 아파하고, 그리워하고, 보고파하고, 소리 내어 부르고, 우는 사람은 다름 아닌 화자 자신이라는 것이다. 그러므로 이는 화자의 기억 속에 늘 살아 있는 당신이라는 상대가 자신만큼은 아니더라도 아주 잊지는 말아주었으면 하는, 아주 작고 순전한 바람으로 풀이될 수 있다. 시

전체를 싸고도는 동요 같은 운율이 이를 더욱 뒷받침하고 있다.

이 시를 읽으면서 문득 사랑이란 정말 무엇일까, 생각해보다가 나도 이런 사랑을 한 번 해보았으면, 하는 바람을 가졌다.

멜빵바지

권옥희

　분명 그랬어 맨 처음 너를 데리고 올 땐 그랬어 불편하지 않을
까 대체 떼어내야 할 것들을 떼어내지 못하는 네 사고에 내가 적
응할 수 있을까 자신을 나누지 않고 길게 드러내는 너의 그 순수
한 집념이 내겐 집착으로 보였는지 몰라 도무지 고집불통인 너를
이해하기 위하여 네 생각의 안길로 자꾸만 걸어 들어갔어 긴 풍
요로움을 만끽하는 너의 삶에 곧 익숙해질 수 있었어 네 생각 속
의 헐렁한 자유, 내 어깻죽지에서 팔랑거리며 사지를 풀어놓는
자유의 힘이 내겐 이 지상으로 언제 흘러내릴지 모르는 내 몸을
팽팽하게 붙잡아 주었어

나는 멜빵바지를 싫어한다. 그것에 대한 기억이 좋지 않기 때문이다. 물론 단 한 번밖에 입어본 적은 없었으나, 그때를 생각하면 지금도 소름이 돋을 정도이다. 체중이 90킬로그램에 육박하던 시절이었으니까 꽤나 오래 전 이야기인데, 그날따라 혁대로 허리를 바짝 조이는 게 싫어 누가 선물로 준 멜빵바지를 입고 모임에 나간 게 탈이었다. 의기양양하게 집을 나선 것까지는 좋았으나 그 뒤가 문제였다. 뭐가 잘못되었는지 어깨에 걸쳤던 멜빵이 걸을 때마다 거추장스럽게 자꾸만 흘러내려 계속 신경을 써야 했다. 그뿐만이 아니었다. 나중에는 또 바지와 연결되어 있는 고리까지 빠져버려 두 손으로 바지를 움켜쥐고 종종걸음으로 귀가할 수밖에 없었다. 그 뒤부터 나는 멜빵바지를 다시는 쳐다보지 않게 되었다.

이 시는 처음부터 끝까지 화자의 독백체로 구성되어 있다. 물론 청자는 멜빵바지이다. 의인형의 특징을 살린 서사 구조 또한 처음 소유하게 된 멜빵바지와의 이질감에서 야기된 갈등과 대립을 시작점으로 화해를 모색해 나가는 과정을 순차적으로 그려가고 있다. 멜빵바지와 대립각을 이루고 있던 '나'의 소극적인 내면세계가 점진적으로, 멜빵바지가 지닌 진정한 '자유'를 배워가는 전환과정이 무리 없이 전개되어 있다. '불편하지 않을까', '적응할 수 있을까', '집착'으로 보이지 않을까, 했던 화자의 생각이 그의 안길로 들어가면서 차츰 그의 풍요로운 삶과 '팔랑거리며 사지를 풀어놓는 자유'에 익숙해지고 있다는 것을 알게 된다. 그렇지만 이는 단지 시의 겉면에 나타난 것에 불과하다. 정작 시인이 주장하고 있는 것은 그 이면에 감추어져 있다고 보아야 한다. 그것은 다름이 아니라 이 시대를 살고 있는 다수의 소시민들이 안고 가는 '언제 흘러내릴지 모르는' 긴장과 불안, 소극적 방어 심리인데, 화자가 그것들과 맥을 같이 하고 있다는 점이다.

어깨에 걸치는 멜빵은 허리를 조이는 혁대의 기능과 달리 언제나 느슨하고 여유가 있다. 따라서 치수에 맞춰 꼭 끼게 입어야 하는 바지와는 달리 그 품부터가 넉넉하게 마련이다. 시인은 이처럼 서로 상치된 두 개 가운데에서 '멜빵'을 택한 것이다. 팽팽한 긴장의 탑을 쌓기보다는 '헐렁한 자유'를 희망한 것이다.

그런데 왜 이 시를 읽고 있으면 닫혔던 마음이 열리는 것일까, 멜빵도 아니면서…….

푸른 바람

정계영

카샤비아를 입고

들개바람 지나간 모래 위

맨발로 건너자

튀니지안 블루가 넘실대는 골목

파란 대문을 열고 들어가

맨몸으로 사랑을 나누자

붉은 도마뱀 기차를 타고

은밀한 협곡을 지나며

비밀스런 이야기도 속삭이자

어둠이 내리면

대추야자에 불을 지펴

잿더미 속에 빵을 굽자

가끔 태워서 바삭하고

온통 까끌까끌하게 구워진

시툰 시간을 곱씹으며

다시 사막을 건너자

요즘 고시촌 주변엔 5백 원을 넣으면 한 곡을 부를 수 있는 노래방이 성행중이라는 기사를 읽었다. 고객은 주로 취업을 희망하고 있는 젊은이들인데, 그들이 선정하는 곡은 '괜찮아'가 다수를 차지한다고 한다. 이 기사를 읽으면서 나는 문득 이 시대를 살아가는 젊은이들의 초상을 보는 것 같아 안타까움을 금할 수 없었다.

바람이라는 익숙한 비유로, 뿌리를 내리지 못하고 있는 이 시대 젊은이들의 삶을 드러내고 있는 이 시는 한 연으로 되어 있다. 그러나 정확히 구분하자면 청유문마다 한 연씩, 전체를 5연으로 나누어 읽어야 온몸으로 부딪쳐가는 젊은이들의 고뇌와 번민, 고통과 좌절, 방황, 절망 등을 더 가깝게 느낄 수 있을 것이다. 불확실한 미래인 '모래'와 '협곡', '사막'을 건너며, 그런 속에서도 '비밀스러운 이야기를 속삭'이고, '까끌까끌한 빵'을 굽고, '맨발'과 '맨몸'으로 건너가자는, 화자의 절규가 우리의 절대적 오감을 끌어들인다.

탈출구가 보이지 않는 이들에게는 '맨몸으로 사랑'을 나누는 행위조차도 일탈을 꾀하는 수단이 된다. 자신의 존재를 스스로에게 각인시키기 위하여 이들은 때때로 혼신을 다해 '맨몸'으로 무작정 젊음을 불사르기도 하는 것이다.

이미지가 다소 모호해 소통이 쉽지 않겠다는 생각도 들지만, 암시성이 강한 이 시의 장점은 그런 속에서도 시적 거리를 유지한 채 젊은이들에게 희망이 전혀 없지 않다는 것을 전달하고 있다는 점이다. 그것은 첫째 에둘러가지 않고 '맨발', 혹은 맨몸'으로 부딪쳐나가겠다는 의지이며, 두 번째는 '가끔 태워서 바삭하고/온통 까끌까끌하게 구워진/서툰 시간'에서 볼 수 있는 것처럼 실패조차 두려워하지 않겠다는 각오이다. 그리고 이에 대한 시인의 작의는 그런 젊은이들에게 '다시 사막을 건너자'고 권하는 결말에 이르면 더욱 뚜렷해진다.

바람이 분다. 바람에 나뭇가지들이 춤을 추고 있다. 바람이 불 때마다 아파트 단지에 활짝 피었던 벚꽃들이 맥없이 떨어진다. 그 아래로 여학생들이 재잘거리며 지나간다. 바람은 여학생들의 머리카락도 마구 흩어놓는다. 당분간 바람은 멈출 것 같지 않다.

파도에 그리는 편지
-김만중의 유배일기

이호근

파도가 목구멍 문턱 넘어

솔잎 피죽 가슴 후벼 되돌아갑니다

그게 하루 이틀인가

되돌아가는 파도의 손바닥에

팔십 노모의 안부 몇 자 쥐어 보냅니다

수없이 썼다 썰물로 풀어지는

수평선 너머 흐린 글씨가 언젠가

푸른 이파리 내밀어 지족해협을 건널 것입니다

오늘은 우물도 파고 물 한 종지와

소금 절인 솔잎 한 움큼 씹다

저물녘 햇덩이를 물고 있습니다

사방 파도소리와 바람에 맞서 보면

두 눈에 박힌 작은 모래알이

꽃망울 먼저 드미는 세상사 주렁주렁 듣습니다

귀 열어 바람의 속옷을 입어봅니다

부러질 듯 휘청이다 제자리 돌아서는

대숲의 곧은 말씀의 뿌리에 온몸 기울여 싹을 틔워봅니다

한번 따스했다가 이내 식어버리는 아랫목보다

불 피지 않아도, 한 겨울 파도가 실컷 누웠다 가도

그대로 푸른 살 돋는 솔잎 댓잎 같은 날이 좋습니다

허나 정쟁政爭의 팽팽한 매듭 같은 들판에 서면

허기진 야생의 풀씨처럼

굳은 땅 속눈 꼿꼿이 뜨는 것을 어찌합니까

내 곧은 말 마디마디는 오늘 밤 푸른 눈 비벼

결코 눕지 않을 것입니다

수천 년 푸른 물빛지어 흐를 것입니다

기억해주십시오

파도에 씻긴 세모 네모 마름모, 각진 돌들이 서로

이야기 둥글둥글 굴려 노도 바닷가 걸어갑니다

주름지는 기억의 수평선 위로

꼭, 그 날이 괭이갈매기처럼 날아오를 것입니다 어머니!

창 밖 파도 꿰매는 삯바느질 소리가 가랑비처럼 스며드는 밤
입니다

*노도 : 서포 김만중의 남해 유배지 섬 이름
 지족해협 : 남해 앞 바다

서포 김만중의 일생은 바다에서 시작하여 바다에서 끝맺었다. 병자호란 중 피난을 가던 배 위에서 유복자로 태어났다는 것부터가 어쩌면 그의 파란만장한 삶을 예고한 것인지도 모를 일이다. 훗날, 그는 유배생활을 세 번 하게 되었는데, 그 마지막은 장희빈의 아들 균이 원자로 책봉되는 게 부당하다고 상소문을 올렸다가 남인들에 의해 떠나게 된 남해의 외딴 섬 노도(삿갓섬)였다. 그는 결국 그 섬에서 56세의 나이로 일생을 마쳤다.

지금도 경남 남해군 상주면 벽련리 앞 앵강만에 떠있는 그 섬에 가면 구운몽과 사씨남정기, 정경부인 해평 윤 씨 행장, 서포만필 등의 글을 남긴 김만중의 유허를 만날 수 있다. 또 2010년에 세워진 전국 유일의 '남해 유배 문학관'에는 그의 생애와 문학작품 등이 모두 전시되어 있다.

이 시는 제목에서 밝히고 있는 것처럼, 유배생활 중 어머니에게 부치는 편지 형식을 띄고 있다. 사후 6년이 지난 후왕으로부터 효행의 정표를 받을 만큼 어머니에 대한 효심이 지극했던 김만중이고 보면, 이 시 역시 거기에서 크게 벗어나지는 않는다. 그러나 이 시는 그것뿐만이 아니라 외로움과 울분이 함께 나타나 있다. 사랑하는 어머니에게 이 편지가 꼭 갈 수 있기를 간절히 소원하는 마음이 1연에 담겨 있다면, 2연과 3연은 유배생활의 고독과 궁핍이, 그리고 4연과 5연은 끓어오르는 비분강개가 담겨 있다.

이 시의 특성은 그러나 김만중의 세계를 훑어보자는 데 그 목적을 두고 있는 게 아니라 시인이 스스로 1690년대의 김만중으로 환생하여 출발했다는 데 있다. 시적 거리를 적절히 유지하면서, 그는 자신이 정말 김만중이 된 양 유배 당시의 상황과 아프고 쓸쓸한 그의 내면세계를 무리 없이 쏟아내고 있다. 서정성을 잃지 않으면서도 서사가 구체적으로 드러나는 미덕이 바로 여기에 있는 것이다. 또 하나의 장점은 이 시가 비단 유배당한 김만중을 그리고 있지만, 그때의 상황이 현재에도 여전히 상존한다는 것을 암시하고 있다는 사실이다. 하긴, 우리 가운데 제도권에서 소외되고 밀려나 유배 아닌 유배생활을 하는 사람들이 없다고 말할 수는 없지 않은가.

언제나 시의 동인은 작은 것으로부터 출발한다. 그러나 좋은 시란 그것을 뛰어넘어 사회성을 획득하는 것을 말한다. 그렇다면 이 시는 분명 그에 해당한다고 볼 수 있을 것이다.

몇 년 전인가. 한 겨울철에 대관령을 지나다가 덕장에 걸려 있는 북어를 본 적이 있다. 그때 그것을 보면서 저들은 이 추위에 거기 매달려 무엇을 소망하고 있을까, 하는 엉뚱한 생각을 하였다. 물론 쓸 데 없는 상념일지는 몰라도 그때 나는 그것들이 모두 이 땅의 시인들처럼 느껴졌다. 추위와 칼바람, 눈보라에 살점이 뜯겨나가는 절망 속에서도, 두 눈 부릅 뜨고 꼿꼿이 매달려 하늘을 향하고 있는 시인의 정신 같은 게 느껴져서 쉽사리 시선을 돌릴 수가 없었다.

여기 실린 시편들은 그러니까 그런 시인들의 정신이 한곳으로 응축되어 나온 결정체라고 할 수 있다. 가슴으로 쓴 시 한 편 한 편들이 아무쪼록 이 땅의 지친 영혼들을 위로해 주었으면 하는 바람이다. 시 한 편으로, 그 시인의 시세계를 모두 인지했다고는 할 수 없지만, 시인들이 각각 풍기는 그 독특한 향기만큼은 맡을 수 있었으면 하는 마음이다.

처음엔 한 편의 시를 통해 짧은 감상과 아울러 거기에 어울리는 우리 삶의 편린들을 진솔하게 담아내어 시를 좋아하

는 사람들과 담소를 나누듯 가볍게 읽게 하였으면, 하는 바람
으로 시작하였다. 말하자면 시를 좀 더 가깝게 우리 곁에 끌
어들여 이 계절의 모과차처럼 함께 그 향을 나누고 싶었던 게
의도였던 것이다.

그러나 지금 와서 돌아보면 미진한 데가 많아 아쉬움도 남
는다. 차를 너무 맛없게 끓인 게 아닌가 싶어 걱정이다. 그래
서 더욱 시를 빌려준 시인들에게 미안한 마음이다. 또 다시
이런 기회가 주어진다면 그땐 정말 세상에서 가장 맛있는 차
를 끓여 대접해 드리겠다고 약속한다.

하나님에게 감사드린다.

2015년 5월 15일
저자 씀